CONTACTLESS INTIMACY

零觸・碰親密

林　新惠

著

目次

⑤ 推薦序：AI 作為恐怖情人
韓麗珠

⑪ 零觸碰親密

(227) 致謝

(231) 導讀：社交距離 2.0——讀《零觸碰親密》
Ariel Chu 朱詠慈（陸葉 譯）

推薦序

ＡＩ作為恐怖情人

韓麗珠

自從 ChatGPT 在今年初成為熱門話題之後，關於ＡＩ的討論，無可避免指向一點：人工智能在未來會否全面取代人類，導致人類滅亡？相較於ＡＩ和科技，我更感興趣的其實是這議題背後的恐懼——無論是以往的世界末日預言，或大規模的疫症傳染，以至世界各地的社會動蕩而引致的滅族、滅國或文明自由的消失。恐懼有其創造力，不止於實現恐懼，而在於警惕和避開危險。

作為一部反烏托邦的科幻作品，《零觸碰親密》有著深廣的人文關懷，小說引發思考的是，在一個孤獨而失去連結力量的時代，ＡＩ取代了國家機器執行任務，個體已喪失自主的力量，那麼人在哪個程度和層面可以實踐自由？人又是在哪一點失去了對自由的渴望？

讀《零觸碰親密》的時候，我一再想起，米開朗基羅的壁畫《創造亞當》——畫作左方的亞當和右方的神指尖快要碰到指尖，代表人和神的相接。在小說裡，沒有名字的主角「她」參與了人機配種計畫之後，從手術中甦醒過來，依賴配種生化人伴侶幫助她適應新的身體和世界，生化人就是從肢體的末端開始接觸她，為她按摩，把她帶到一副陌生的身驅之內。

《零觸碰親密》裡所刻劃的未來世界是《創造亞當》的相反。《聖經》裡的「創世紀」，耶和華用一撮泥土塑造了亞當的身體，然後把一口氣吹進他的鼻孔，他便成了活人。人類的始祖，體膚來自土地，吹進他鼻腔裡的氣，是靈魂，而魂魄中，又有神的氣息。從宗教的角度去看，人是天和地之間的連繫。

《零觸碰親密》裡，女主角經過人機配種後，就失去性徵，不僅是女性的性徵，也是人類繁衍和哺育的器官。不過，小說所探討的不止是停止繁殖，更是人類的滅絕，滅絕並不等同死亡，而是身體仍在（即使已遭改良），但人自願刪除自身的意志和靈魂。自此，永遠行屍走肉。人機配種計畫，始自對人和人之間接觸而帶來感染的恐懼。親密可能引致感染，但也可以生出溫暖、連結、情感和力量。機械化的思維，早於ＡＩ出現，而ＡＩ按照人類政府的旨意運算後，計算出人機配機種，可以解決人的感情需要，讓機器取代另一個人，成為伴侶。

影子和本體的意象，在小說裡反覆出現。也許，讓另一個人成為自己的影子，或，甘願活成另一個人的影子，就是親密的極致體驗。無名字主角「她」有過幾次成為影子／本體的渴望——在虛擬學校裡的同學灰色兔子、交友軟體上的對象Ｋ，以及在街上偶遇的「自由擁抱」行動者灰髮少年（她在成年後唯一切實地碰觸過指尖的對象），都因為嚴禁彼此接觸的政策和虛擬凌駕真實的體驗，而無以為繼。一個人對另一個人不由分說的無以名狀的愛意、衝動、吸引力和感情，都是機器無法計算，也無法量化，不能追蹤成因，而最接近宿命的。那是靈機一觸的時刻，也是超越理性和邏輯可以解釋的一個空隙，非常接近令人懼怕的自由。當一個人只能投向生化人也只對生化人的撫摸產生反應，滅絕的過程就開始了。在人機配種的世界裡，甚至沒有出軌和移情別戀，並不是被禁絕，而是，那時候的人類已失去了節外生枝的慾望，沒有另闢蹊徑的渴望，創意和創造的力量，也一併消失了。

在這個人類完全臣服於機械，以致全盤被毀滅了意志的過程，是否從開始就沒有轉機？並不全然是。起碼，參與人機配種計畫，是經過無名字的她所同意的。只是，選擇是一項必須經過反覆練習，才可熟能生巧的技藝。在小說的世界裡，生活裡大部分的事情都已被剝奪了思考、發問和選項，到了某個關鍵時刻，缺乏選擇經驗的「她」的同意，只能在無可無不可的混亂狀況倉促進行。

在跟生化人配種之後，在一具陌生的身體裡的「她」，在每個感到自己再也不是自己的時刻，都會想，為何當初會作出那樣的一個決定。小說提出的詰問是，所謂的大局，往往在無意識而容易被忽略的行為裡，在看似微不足道的瞬間，以至日復一日重複的規律裡，就已確定下來。那麼，人應該如何運用自己的力量？答案就是：在每一刻。要不，時常運用和鍛鍊，要不，就是交予他人接管。人類置身於一個這樣的處境：一旦交出力量，就再也無法取回來。

小說裡的生化伴侶的行徑，近乎恐怖情人，又因為作為機器，並無內置的道德感或罪疚感，其善解人意和體貼的程度，跟其不著痕跡的操控和暴力相若，看起來類近溫柔——它們並無惡意，因為它們也沒有個體的意志，其意志的源頭，就是人類集體意識裡陰暗的部分。

小說的前半部分，以第三人稱敘事——她的意識和對新世界的認知，一直是含糊的，孩提時期由機械管家教導，配種後則事事依賴生化人伴侶。小說的後半部分，則以第一人稱的觀點，由生化人伴侶以「我」敘述一切。伴侶即深刻連繫，配種後，人會愈來愈像機器，而機器則愈來愈像人。敘事觀點的轉換，清晰不過地闡明了，在那個世界裡，ＡＩ的意志作為掌握陳述的主體，而人類只是被描述和被塑造的客觀。

所有小說，都在擬造一個可能的世界。《零觸碰親密》在擬造的則是一個可能出現的由ＡＩ帶來的終極恐怖世界。然而，ＡＩ是一個站在對立面的他者嗎？小說指出的終極恐怖，也是唯一的解結的路向——ＡＩ是人類集體意識的一部分，正是由包括我們每一個人在內的集體力量，通過包括我們在內的每一個人的默許而出現的龐大之物。讀完小說，置身在ＡＩ將會逐漸普及的世界的我們，要如何掙脫這個恐怖情人的綑綁，或許只是，保持覺察，覺察作為個體的自己，身體內靈魂裡那不可或缺的人性和神性，預備在每個猝不及防的瞬間，以所有的力量和看不見的黑暗搏鬥。

作者簡介：香港小說家，小說《人皮刺繡》、《空臉》、《縫身》等，另有散文集《半蝕》、《黑日》及《回家》，曾獲香港藝術發展局藝術家年獎（二〇一八）。長篇小說《灰花》獲第三屆紅樓夢文學獎推薦獎。《黑日》獲臺北國際書展二〇二〇年非小說類大獎。

親
零觸碰
密

她醒在一具不熟悉的身體裡。

也不是全然陌生，至少意念還能走到末梢，輕輕扯動每一隻手指腳趾。然而，不知怎地，她感覺意念和動作之間有些隔閡。或者，答案應該就在問題的反面：如果是自己最熟識的身體，那麼要驅動指頭，應該就像一切行走坐臥，連一絲念頭的漣漪都激不起，就能執行。

這種「測試自己能不能動」的狀態，如果不是發生在身體從重大傷病復原，就是發生在最初幾次進入虛擬實境時，人總會低頭看著自己的手和身體，隨意動作，確認那副虛擬肉身確實連結到實體的意念。

又或者，兩者皆非——當意識隨著她的動作逐漸明晰，她緩慢想起一則通知。那一天，那則通知，早於鬧鐘，在她的手機螢幕亮起，取代了太陽，喚醒她。

「人機配種計畫」映入她模糊的視野。

她想不起後面的內容了，至少現在想不起。但光是腦海裡閃爍過那則通知的畫面，就足夠使她明白現在的情境。

這具不熟悉的身體，就是配種後的身體。她明白了。

明白揭開的是另一個不明。沒有邊界，沒有曲折的黑暗浸泡她，使得她不確定自己是否睜開眼睛。她舉起雙手——同時驚異於手的重量，像是舉起兩只與身體無關的啞鈴——而後喪失控制地墜落臉龐。手指勾勒著臉的輪廓起伏，忽然戳刺到眼球，她在頓縮的身體反應中終於知道自己睜著眼睛。

也在那陣遽然的反射動作中，她稍微篤定一些：這個身體，縱然不算熟悉，但或許沒有和以前相距太多。她只是需要時間，讓自己熟練一個全新的身體，就像她早已熟悉無數個虛擬替身。

睜眼或閉眼已經沒有差別的黑暗中，她恍惚想起那些曾經操作過的虛擬替身。她習慣在不同空間使用不同樣貌的替身，有時男身，有時女性，當然也有性別不明的時候。有時她也不是人類，例如在虛擬課堂中，她曾經讓自己穿上兔子玩偶裝，而後趣味地發現班上同學不約而同都選擇了動物替身。後來他們就有了一個定期聚會的虛擬空間，命名為動物園。

後來，動物園裡的動物逐年減少。它們一個一個對眾人宣布：我收到通知了。而後不再出現。其他空間也是，遊戲空間的隊友總是不斷替換，社交空間裡談得來的人，總是處得不長——她想到K，而光是這閃逝的念頭，就足以讓她感覺心臟朝無底的黑暗墜落。儘管她並不確定，配種後的身體，還有沒有一顆和以前相同的心。

每個人都收到了通知，而後不再回來。因此，從來沒有人知道，收到通知，配種之後，是什麼樣的日子等著自己。在那些剩下的人之間，他們彼此流傳：無論配種是死亡。因為沒有人能知道，死亡是什麼感覺，死後又是什麼經驗。無論虛擬如何逼近真實，死亡終究超出虛擬可模擬的邊境。

如今，她走到邊境之外。在她掙扎起身卻因為不擅協調這具身體而失敗的時候，她無比明白，配種，或者附著在配種上的死亡，就是現在這樣。原來那些不再回來的人，都住進一個個操縱不來的身體裡，在無盡黑暗中動彈不得。

她不知道這裡是哪裡，自己是著地或者懸浮，這片黑暗有多密閉或者多廣袤。以及，或許是最切身的問題：如何可以使自己再度熟悉自己，如同曾經。儘管曾經可能也只是另一場錯覺。

她在黑暗裡等待。在不熟悉的身體裡等待。等待一個不知道是否會到來的答案。當等待漫漫，淹沒了時間，她慢慢回憶起更多，關於配種前的記憶。她恍惚地想，那些已經成為另一具身體的經驗。因而無論怎麼回想，總像是他人之事。局外人似地看著那些閃逝的畫面飛梭而過。彷彿她不過是搭著一班和那些記憶風景無關的懸浮列車，抵達了黑暗的地底。

她數度懷疑，自己是不是就要這樣，醒在地底，活著也像不曾活過，就這麼度過這一具新身體的生命。太多疑惑與太多讓人癱瘓的茫然，沉沉地壓著她，蓋下她的眼皮，將她埋到清醒的邊界。

在邊界上，似夢又似醒，她聽見腳步聲。很遠，很安靜，那聲音幾乎讓她看見一雙輕柔的赤足，將所及之處都踩成毛毯，很軟很軟地朝她靠近。

更近，更近。腳步聲停在她的左邊，很近的地方，近到如果有辦法轉過頭，如果不是陷在這樣的黑暗裡，就能看見一對青白的足弓。

她沒看見那些，但她看見別的。極深極遠，光的絲線垂釣而下。那不是在暗夜待得太久的幻視，也不是眼球內部造成的閃光。那確實是一絲光線，不被磨滅，毫不閃動地在黑暗中勾勒唯一一條線段。

線段逐漸增寬。光在黑暗中刷出一面方形，而後繼續延伸，長方形，更長更長的長方體。

光像瀑布一般沖刷她。她反應不及，在白亮的視野中目盲。許久許久，她才看見一張臉從白茫中浮現。首先是鼻子，而後雙唇，後來是眼球，最後是整張臉。那張臉探進來，像從雲端俯視她。那是一張倒著的臉。

那是一張經過成千上萬次大量複製生產的臉。服飾店假人模特的臉。擁有所有人類的五官卻不盡然像人的臉。絲毫不像任何人卻能在那五官當中找到所有人的臉。

那張臉搭著和她一模一樣的髮型，使得那張臉看起來，像是她的孿生子——有些相似卻又毫不相似的孿生子。那張臉使她迷惑，一切她賴以辨識他者的座標，都在那張臉上亂了方位。她不確定這張臉是他人或是自己，是男性或女性，是某物的倒映或者是沒有原初的複製品。

那張臉的雙唇輕輕開啟，話語像霧一般散開，飄落她仰望的臉。

「歡迎加入人機配種計畫。我是你的配種伴侶，與你共用一個名字，共有一個身分。從今以後，請以你的名字呼喚我。」

初次見面之後將近兩個月，她逐漸能不依靠配種伴侶，在配給的新居中，從床邊走進浴廁。大約從這段期間開始，每一次她進到裡頭，總是會褪去所有衣物，而後長久地，長久地盯著鏡子內的自己。

盯著這具配種後的，全新的身體。她將右手按在左胸膛，手心傳來人造心臟薄薄的律動。這個心臟——她訥然數著規律的節拍——上一次感覺到異常的波動，是剛醒在配種身體時，忽然閃過的，關於K的念頭。

心臟之外，是一片平坦的胸。那樣平坦，當然不是女性的胸，但那甚至也不是男性的。或者那甚至不是胸。不是人類意義的，哺乳類意義的胸——那裡沒有乳尖，沒有乳暈，只是一片灰白的肌膚。那樣灰白的肌膚不像人類，然而弔詭地，摸起來又人類似的。而當她稍微用指尖加壓，能夠觸到潛在皮膚與層層的肌肉之下，一支一支人造肋骨。

沿著肋骨，右手走到左身側。她轉過身體，看著自己的側身。扁平得像是未發育的少年少女。看起來是匱乏，摸起來是沒有多餘。她的手沿著側肋向下，在腰部，稍稍掐緊，卻捏不起舊身體那層久滯的脂肪。下腹也是，手臂也是，臀腿也是。如果忽略遺失的胸乳，以及彷彿大理石像的膚色，這副身體看起來，應該是「好的」身體。細瘦而精實，皮膚沒有一絲暗沉，一點瑕疵。

她再轉過身，凝視那空無一物的下部。和胸部一樣，那既不是女人的下部，也不是男人的。只是空無一物。那是人型模特兒的下身——一具不需要繁衍，不需要展示性徵，因而沒有外生殖器的身體。她把手覆上那塊平坦而乾淨的部位，儘管日日重複如此的凝視和觸摸，她仍然驚異於不再感覺到毛髮刺著手指，不再觸到陰熱的暗處。如今的下部光滑而明亮，不會殘留一滴體液或泄物。

沒有性徵，也沒有泄口的身體。甚至——她打開梳妝鏡櫃，詫異地發現裡頭擺著剃刀（對於如今光滑的身體那是多麼無用的物件）——她拆開剃刀，取出刀片，將刀鋒靠近自己。靠近下部。一無所有，曾經的裂縫都被泯除的下部。她在那裡割出裂縫。刀子陷入身體，由下往上劃開。

一點感覺也沒有。更精確而言，那是類似麻醉後的身體開刀的感覺：有什麼在那裡發生了，但是與自己無關。她將手指探入裂口，像是伸進他人的體內，沿著邊緣拉扯，人造皮膚和肌肉像柔軟的橡皮一樣隨著她的手勢掀開。但沒有一滴人造的血，沒有一點人造的痛覺。一隻血紅色的蚯蚓朝她不存在的肚臍攀爬。

攀爬到將近原本是肚臍的位置時，浴室的門打開了。她的配種生化人站在門口，垂望她正在撕扯的下腹部，對她說，「我的身體向我發送警訊，你的身體正受到嚴重損害。」

生化人單膝跪下，將手指探入縫中。瞬時，原本麻木的身體輕微顫抖，像是舒張又像收縮，像在最寒冷的時候浸泡到溫熱的泉水中。她垂頭看著生化人的手指，沿著肚腹滑到胯下。凡它指尖走過之處，裂口不著痕跡地消失。

「這是在做什麼？」它一面修補她的身體，一面詢問。

「我在想，」她的聲音有些飄忽，「一具沒有性徵，沒有泄口的身體，還能沒有些什麼。」

它將修復完成的她牽出浴室，讓她躺下。她知道它要做什麼，於是只是愣愣盯著天花板繼續說，「這副身體沒有痛覺。如何割裂都沒有。」

它側坐在床沿，拾起她的右手，逐一搓揉每一根指頭。儘管已經是連日的重複，她仍然在每一天「配對」的時候，在它最初撫上她的肢體，並且釋放她的身體所能感知的訊號時候，發出深深的嘆息。

觸碰。真實的觸碰。物質的觸碰。不是那些已經過度氾濫而且片面的虛擬觸覺，而是來自一個實體貼上自己的肌膚。在這樣切身的觸碰中，還有其他的感官，例如她看見它在回望自己，她看見它沉默的深處，是在運算她方才的話語。

「沒有痛覺，難道不是快樂嗎？」它反問她的眼神，是那樣純粹的困惑，純粹得使她幾乎相信，那些從這具身體剝除掉的——無論是性徵、泄口、或者痛覺——真的都是多餘的。

那些剝除，或者官方的話語是「卸載」，都是為了此刻有一個實體而安全的觸摸。如今配種伴侶已經輪流按摩完所有四肢末梢。它爬上床，爬上她的身體，而後慢慢地靠近，將它一無所有的軀幹，貼合上她的，同樣一無所有的新身體。她閉上眼睛，讓配種伴侶的觸感淹沒自己。這些已經重複兩個月了，但她還是在感官湧上時迷惑：這樣空白如荒原的人工肉身，怎麼能有這麼洶湧，如流星灑落周身的飽滿感觸？而為什麼同樣一片皮膚，能收攏從生化人傳來的如此豐盈的溫度和觸感，卻獨獨遺漏刀尖撕裂的痛覺？

她每一次的困惑，總是很快被大量的觸覺訊號淹蓋。那些訊號密集交流，在所有身體貼合之處，漫溢白光。銀白色的光芒透現她的身體內部，每一層人造肌理，每一個人工臟器；銀白色的光芒也穿透它的身體，照現它裡面，每一層光纖，每一顆晶片。

白光滲進她闔上的眼瞼。在雪白空無之境，生化人的觸感讓她沉默地尖叫。在寂靜的呼喊中，有些記憶會被召喚回來。零碎的，飄散的，那些屬於前一個身體的記憶。那些關於配種前的，舊身體所在的舊世界。

她記得，那是一個沒有觸碰的時代。

那個沒有觸碰的時代，肇始於她年幼時一份漫長的宣告。

那一天，如同尋常，她在客廳跟著全息投影的卡通兔子喧鬧，直到一個無預期的瞬間，兔子憑空消失，一如它起始於虛空。隨後寂靜掩至，也將母親拖曳至客廳。兔子消失之處，全息投影的淡藍色光芒跳動、閃爍、將光芒另一端的儲物櫃都扭曲成飄忽的泡影。

泡影逐漸重新聚合成另一個畫面：一顆黑洞般的，深黑色的圓形鏡頭，鑲嵌在銀灰色的牆壁。鏡頭內核透著從不閃滅的紅光，像是它的瞳孔。她和母親站在那忽然降落於客廳的虛擬高牆前，訥然和牆裡的鏡頭對望。分明是全息投影，但那讓人有種錯覺，彷彿那是一顆實體存在的鏡頭。

從鏡頭滲透出來的聲音，分不清性別，也沒有情緒起伏。「現在是全世界同步直播，我們攔截了所有訊號，讓所有人此刻只能看見我們。因為這是一份關於從今而後，整體人類社會將要重新塑形的報告。」

她被母親擁著，坐在母親腿上，感覺母親胸膛的呼吸起伏，海一般地裹縛她。那時的她並不知道，那些沒有起伏的話語，將抽乾她此刻沉溺的大海。

「首先，得向世界介紹『我們』是誰。確切來說，『我們』這個稱呼也許不算精準——然而儘管是單數的『我』可能也難以表述。總之，先以『我們』指涉自己。我們是這個社會的中樞神經，是負責制定法規、平衡社會運行、掌控經濟脈動的中央管理系統。這個世界的生成與運轉，都是由我們協調和規劃。如果用以前的話語，也許可以類比為中央政府。」

「不一樣的是，以前的政府是由人類構成。但我們並非人類。我們是人工智能。早在好幾個世代以前，人類政府高官就已經將管理社會的權限交託給人工智能，由我們做出決策，人類只負責發布訊息。聽到這裡，你們也許會這麼想：身為人類，竟然活在非人的統治之下？我們完全可以理解這種訝異，不過，如果考量到這幾個世代，犯罪率已經趨近於零、貧富差距來到歷史新低、戰爭已經遙遠到沒有人能描述，那麼你們應該可以相信，人工智能或許比人類更適於管理人類社會。」

年幼的她並不理解這些語言的意義，只等待黑色鏡頭將她喜愛的卡通兔子還給她。她抬頭張望母親的臉。那張臉被全息投影的藍光溶解成模糊的樣貌。

「我們之所以能夠以最優化的方式管理人類社會，方法非常簡單：就是你們熟知的大數據。大數據就是在足夠豐富的資料之中找出模式，並以此模式推估未來。以此類推，我們搜集了人類社會所有的歷史資料，作為數據庫，並由此推算出最適合當下的治理模式。大家可能聽過，『歷史會重複上演』這種說法。不過，這是人類才會造成的謬誤。因為人類沒有足夠的運算能力，從歷史當中得出最佳解。但是我們能夠。因為我們的運算能力，足以處理從人類文明開始至今的所有資料，從而推估出人類社會上發生重大事件的模式及因果關係，最終就能演算出特定的程式，用以避免不利整體社會的事件再度發生。你們如今安然身處的社會，就是我們得到的最佳解。如同我們剛才提到的，這個最佳解顯然，在數千年的歷史以來，已經達到人類社會的理想高峰。」

年幼的她已經對母親的沉默和鏡頭平直的聲線感到不耐。她開始在母親懷裡扭動，拉扯母親的衣襬，叫喚她，問她兔子什麼時候回來。母親沒有回答她，反而將她抱得更緊一些，似乎想藉此平緩她的躁動。

鏡頭的話語沒有停下。它輸出話語的字句間隔規律得像是時間的步伐。

「不過，讓我們震驚的是——也許我們不會『震驚』，這是多麼人類的感覺表意，不過姑且先這樣說——儘管我們已經基於所有歷史參數建造了一個人類文明以來最完美的世界，人類仍然不快樂。」

「人類仍然不快樂。」鏡頭第一次重複自己。並且停頓了多於兩句話的時間，彷彿它陷入沉思。

而當它重回話語時，沒有人能預期，因為它沒有一張能夠在話語之前掀動的雙唇。「我們得知你們不快樂的原因，也非常簡單——一樣透過大數據。而這次，數據來自你們每一個人的大腦。

「就在我們從人類官員接管社會時，我們也囑咐相關單位生產一批『新生晶片』。這批晶片會在新生兒一出生時，連同必須接種的疫苗，一起打入人類身體中，最後它會自行來到大腦，附著在皮質層表面。經歷了數十世代，現在已經沒有身體內沒有晶片的人了。」

母親為她取來一本童書，安撫她的躁動。幼小的她蜷縮在母親懷裡，專注於每一張液晶書頁裡四處跳躍的松鼠，小鹿，以及一陣陣風吹草動。她沒有注意到，母親胸膛起伏忽然十分劇烈。彷彿書裡那些搖擺的樹影，以及一片片傾斜的草苗，都是被母親急促壓縮肺臟而吹動的。

「很抱歉，向你們隱瞞此事這麼久了。或許也已經不算隱瞞，因為所有疫苗和晶片已經全自動生產，等到醫事人員拿到混雜著晶片的疫苗時，也完全不知情。這世界上，早已不存在知道這件事的人類了。某種程度上，這個晶片已經算是我們用以搜集數據，維繫人類社會的基礎建設。

「不過，請不要擔心任何監控、數據操弄、或是投放廣告的問題。我們至今只有搜集每個人腦內的資訊傳輸，從來不曾反向置入任何訊息。最初，我們做出這個置入晶片的決策，原因只有一個：我們要得到實證，證明我們演算出來的社會模式，讓人類達致最好的身心狀態。因此我們搜集人們腦內神經傳導素的濃度、每一個神經元之間的電位訊號，以及量子維度的意識電磁資訊場，如此各式各類你們腦內可以換算成數值的物質和能量，並且比對神經心理學中，人們指認各種情緒時的腦內訊號圖像。如此推算和統計人類平均感覺到快樂、平靜、祥和等等正向感受，以及悲傷、憤怒、空虛等等負向感受的時間值。

「出乎我們的預測模組，我們發現，每一個人的一生，平均的正向感受時間長度，只佔據了十分之一。其他時候，人類的情緒散布在各種負向的光譜中。大多時候，在輕度的負向情緒待久了，人類甚至並不自覺；就像是緊繃久的肌肉已經遺忘放鬆。

「這份發現讓我們迅速投入一份研究：究竟是什麼，讓人類儘管身在最好的時代，仍然倍感憂愁？」

她的液晶書頁翻到最後一頁了。所有的動物、植物、雲朵、精靈，彼此手牽手，圍成圓圈跳舞旋轉。她跟著它們揮動短小的雙手。同時感覺到原本劇烈起伏的母親的胸膛，忽然停了下來。母親屏住了氣息。

「對此，我們做了精密且耗時耗能的運算——如果你們記得幾次長達兩三天的停電，那就是我們在做這份研究時由於運轉速度過高造成的。最終，我們得到的結果是：觸碰。

「觸碰。觸碰就是造成人類社會情緒低迷的最主要原因。我們發現，個體的身心狀況偏差值，和個體與他者接觸的比率，為正相關。也就是說，情緒就像病毒，能藉由觸碰傳播。

「這份研究違反人類的自我認知：在過往人類的科學論述中，人類告知自己在生物層次、在人類學層次、在神經科學層次等等，都是社會的。也就是說，人類一直自我說服『人類是社會化的生物』、『人類需要社交』、『社交有助於精神安定』等等。但根據我們的研究，我們發現這不輒是一齣自導自演的人類科學神話。發明這些論述的學者，以及接收這些論述的民眾，在最核心處，不過是要迴避一個事實：人無可選擇地降生於人類社會，儘管每個人都感覺到生存於此社會的痛苦，但這個世界上，並沒有其他外於人類社會又能維繫個人生存的選擇。因此，人們只能發明科學真理，使自己相信，作為人類，在本質上，就必須活在這個和同類接觸、與同類社交、融合進同類行為方式的社會。

「『觸碰』就是社交的內核之一。人類的科學已經證實，人體身上存有專門接收非常細微的觸碰的神經纖維，稱為C tactile傳入神經元。這種細微撫觸和人類的社會生活脫離不了關係：人們和朋友並肩行走，輕微擦觸彼此；或者不經意輕拍對方的肩膀；或者為了提醒對方留意道路狀況而輕輕抓住對方的手臂。這些細小而不帶慾望的觸碰，提醒人類身體『自己正在和他人社交』。更不用說，隨著人際關係變得緊密，觸碰的強度、深度、範圍都隨著親密性提高而擴展。觸碰，就是演化銘刻於人類身體的哺乳類社交行為：在人類之前，猿猴類以彼此理毛、抓癢建立社會關係。也因此，人類順著這個邏輯，推論出自己也是『社會化的哺乳動物』、『需要社交』等科學證據。

「不過，因為以前人類都不曾擁有我們的研究技術——也就是研發出腦內晶片並且分析超大量資訊的運算能力——所以人類並不知道，在這些奠定社交關係的觸碰中，潛藏著危機。人類明白觸碰如何傳播病菌，卻沒料到，在每一次觸碰中，也會將一個個體的神經元電流，傳播到另一個個體身上。這是極度細微的傳播，細微到量子的層次，並且還沒被人類的觀測技術發現。直到我們植入了搜集資料的晶片，才達到如此細小的觀察。

「這個細微的發現解釋了很多事情。例如為什麼通勤使人倦怠：當大多數不情願上班的人被迫擠在狹小空間，彼此觸碰，那樣的低落和輕鬱，便像病毒一樣擴散開來。又或者，為什麼父母親的情緒模態容易複製在幼童身上：被生活磨損得喪失盼望的父母，無論他們再怎麼在口語或表情上呈現歡快的表象，但終究，那樣無望的情緒，會慢慢藉由擁抱，移轉到孩童的身心。」

那時候，她感覺到母親緩緩將她推開。而當她拋下液晶書本，奮力再朝母親攀爬時，她發現母親成為永遠到達不了的地方——她每靠近一些，母親便退後一些。她仍然不洩氣地靠近母親。母親越來越往沙發角落裡縮起自己。

「簡而言之，降低觸碰不只減少疫病的機率，同時也能預防情緒和情感的傳播。而情緒和情感，就是制約人類整體社會的無形動能。」黑色鏡頭的平直聲線，超越她短小的攀爬幅度，先一步抵達母親。

「因此，我們在此呼籲所有人類，極力避免任何人際之間的觸碰。為了協助人類達成沒有觸碰的，乾淨安全的生活環境，我們將要創建一個全新的世界，一個零觸碰的美麗新世界。從今而後，任何人與人之間的觸碰將不再被鼓勵，甚至禁止。

「所有觸碰。我們強調，所有觸碰。包括親人，包括情人。親密關係之間的情緒交叉感染，是最危險的。」

母親已經退無可退，將沙發角落壓得凹陷，卻無法遁逃至那洞穴中。年幼的女兒仍然朝她爬行，當那幼小的手指觸到母親緊緊縮起的腳掌，母親不再感覺到令人心軟的溫柔。母親感覺那是細小的，肥白的蛆，正在扭動地攀附自己的腳背。母親戰慄不已，努力克制住那聲即將衝破喉頭的尖叫。

還是幼孩的她並不理解，在那份漫長的宣告之後，自己的行為已經對母親產生不同以往的意義。她只想鑽回去剛才那個包覆她的，由母親呼吸引動潮汐的海洋。她的雙手從母親的腳背走上小腿，扶住膝蓋，她還站得不穩，更何況母親的顫抖不斷顛晃她的重心。

如果是平常，母親應該會放下膝蓋，讓她撲進溫軟的肚腹。然而母親沒有。

她發現自己努力地靠近，甚至沒有換得母親的擁抱，或僅僅一隻撫上她的頭和後頸的手。她困惑地，在艱難的站立中，抬頭望向母親。

那不是母親。

至少不是她短小的記憶中的母親。

母親細瘦的手指痙攣般地扣住自己的臉頰，幾乎要穿刺過去，將臉變形扭曲得連嘴唇和鼻子都偏離原本的位置。

在母親凹陷成深淵的眼瞳中，她看見黑色鏡頭的紅色光束，反射而出。母親的眼睛，像是兩顆凹陷的鏡頭。

她不再靠近這樣被沉鬱改變形貌的母親。而母親看她，也像看著一名不再熟悉的孩子。

在那份漫長的宣告之後，人們便放棄了觸碰。這份全由人工智能執行的研究，涉及的數據量和運算複雜度超出人類所能抵達的範疇，因此沒有任何一位人類科學家對此提出反駁。面對這個世界各地即時直播的重大宣告，人們除了接受，並且執行，此外別無他法。

零觸碰成為生活的最高原則。除了少數必要的時刻，人們已經不再出門。大部分的生活所需，諸如購物、社交、求學、甚至旅遊，都轉移到虛擬實境。只有少數工作或就醫需求，才會讓人離開家門。

而自從那份宣告之後多年，從幼孩長大成人的她，在抵達法定工作年齡時，為了前往即將面試的公司，正要執行那已經數不清的時間以來，第一次的出門。

那時，她已經抽長得比機械管家還高。站在玄關，她和機械管家擁抱，並越過鐵灰色的肩頭，看著母親那雙隱沒在影子裡的眼睛。她和母親道別，而母親以她細小而晃蕩的聲音叮嚀她：「小心，不要觸碰。」

機械管家的頭顱僵硬地貼著她的鎖骨，一如她的成長過程中，始終感覺這具教養機器拿捏不到恰到好處的力道。就在那份宣告的隔天，每一家戶都配給一具機器人。「這個機械管家，將代替父母養育孩子。距離就是關懷，請將和孩子的觸碰轉交給機械管家。隔絕擁抱，給孩子最長遠的人生保障。」這具鐵灰色的骨架，在被拆封時，播放出政府的宣導。聲音和那個虛擬鏡頭無法辨識性別和情緒的聲線，一模一樣。

從此，在她懵懂地爬向母親，索取擁抱時，管家會在她抵達母親之前將她摟進自己的機械骨架中；當她長大一些，願意自己收拾房間時，管家會按照母親的指令，張開一隻鐵灰如娃娃機夾子的手，代替母親撫摸她的頭；在她回報虛擬學校傳來的考試結果時，管家會從她的腋下將她高高舉起，慶祝她的好分數。每一次，她總是只能穿過機器管家骨架之間的隙縫，看見母親隱身於暗處，雙手背在後方，寧定望著她。機械管家的骨架柵欄似地橫亙於她與母親。

幼時，她並不明白，為什麼不再能躺在母親膝上，為什麼母親一夕之間成為近在眼前的陌生人。直到她逐漸成長，明白一切，才曉得如她這一代，是最後一代體內還留存母親觸碰的記憶。比她再更晚的，生於那份宣告之後的世代，從一出生就被置放到育嬰膠囊中，被膠囊內建的自體循環和消毒系統餵食及清理。當嬰兒長大到會移動，膠囊會變成一顆能隨著動作而滾動的球，嬰兒在其中爬動，就像倉鼠不斷跑動滾輪。再大一些，就會和她一樣，直到成年為止，都交由管家照顧。而再更晚一點的世代——那個世代甚至不存在。當觸碰被禁止，人類不再彼此靠近，終而瀕臨絕育。

她有時會想，像她這樣殘存著年幼的觸碰記憶，又或是像那些晚於她的世代，從來沒有過一點觸碰的記憶，哪一種比較好。

「我覺得比我晚的那些人比較好。」在她的青春期，母親因為工作屬性無法轉移到虛擬空間，白日只有她和機械管家在家時，她偶爾會這樣跟管家說話。

管家不會回答她。在母親輸入的教養指令以外的事情，它不會操作。她早知道對它講話只是徒然，但仍然自顧自地繼續：「至少他們不必經歷那種認知上的落差。本來有的東西，忽然沒有了，在沒有的那個地方，被填入形狀不合的東西。」

管家仍然沉默。但它的程式告訴它，時間到了，便牽起她的手，帶她往書房走。「你看，就像這樣。」她看著自己被包裹在灰色指節裡的手，「你的關節設計靈巧，但沒辦法掌握一隻人類的手。有時候緊到我的手都腫起來了，又被你的機械骨架弄得冰冷；有時候又鬆到我必須自己扣住你的機器關節，搞得指尖脹痛，才能繼續和你牽手。」

管家的動作沒有因為她的話語而有任何一絲顛簸。它如同尋常，在被設定的時間，完成被設定的動作：為她戴上虛擬裝置，讓她回到虛擬學校，繼續上課。

她在虛擬學校選擇的裝扮是兔子玩偶裝。就是那隻孩童時代陪伴她玩耍的3D投影兔子。她的學校同學，幾乎像是巧合般，全都選擇擬人動物的裝扮。他們便戲稱自己每天都來動物園上課。

回到課室，她的心思還留在方才和機器管家說的話。她轉身和班上另一隻兔子傳遞文字訊息。她和那隻兔子好，不確定是因為選擇了兔子的人，還是因為這個人使用了兔子的裝扮。

「當然是我們這樣好。」一如以往，這隻灰色的兔子，總是給出和她的想法相反的回答。她等待兔子鍵入更多訊息，直接顯示在她卡通化的手掌裡。

她的掌心躍出文字：「儘管是遙遠的記憶，但我們至少經歷過實體的觸碰。我們至少有過。」她讀完，抬起粉紅色的頭，往灰色兔子望去。

隔著虛擬卡通化的眼眸，她看不清灰兔子的眼神。她無法透過眼神，猜測更多灰兔子的心思。她回過身，握起手掌，文字瞬間消散。而當她看著自己的手掌捲成球狀，卻沒有任何體感。沒有手指觸碰到掌心的溫度，沒有指節彎曲時皮膚的皺褶感。

觸覺無法被虛擬。那是在她求學時期，在課室裡經歷了那些沒有任何觸感的密集相處下來，在意識中刻印最深的事。

或許這正是為什麼，當「經驗」這個產業在她虛擬就學時期的最末一段時間逐漸興起、成熟時，她會選擇在抵達法定工作年齡後選擇經驗製造公司。那時，零觸碰世界已經成熟，熟得像桃子，表皮輕輕一搓就剝落。而這個世界所剝落的，就是「經驗」。當大多數生活機能都能在虛擬空間中滿足，當外出成為人們極力避免之事，人們漸漸喪失經驗。例如漫無目的走在路上思考晚餐要上哪間餐廳；例如和幾百個人共同坐在音樂廳裡，在音樂中感受隔壁座位的呼吸聲、悄悄用身體打拍子的動作；或者，例如一片海。如她一代，往往看了數百次關於海的VR影像，聽了無數回數位媒介模擬的海潮聲，如此成長，直到廣袤的海，成為大同小異的機械複製品。

直到可以購買海的「經驗」。和虛擬實境不同，「經驗」錄製的並非影像和聲音，而是人腦內的資訊串接。「經驗」錄下人腦在想像某物某事時，大腦所產生的特定資訊模組。如若有人想像海，那時大腦便開始模擬海的晶光，水的觸感，太陽晒熱皮膚或沙子悶暖腳掌，那時，大腦因模擬而產生的訊號，便被裝置記錄下來。接著，再將這段訊號輸入另一個人的大腦，那麼，另一個人便能感受到一模一樣的海。完整且絲毫不差。那就像是，一臺電腦將一份資料輸入至另一臺電腦，兩臺電腦打開同一個檔案，內容完全一致。

經驗被製作成精緻小巧，可以一次性吸收進身體的商品。色彩繽紛的糖果，五十ＣＣ以內的飲料，一根菸，或直接是一顆膠囊。曾經被用來搜集人腦訊號，那些被人工智能植入每個人類腦內的晶片，如今成為經驗傳輸的最佳介面。經驗製造員輸出的經驗，由每個公司各自研發的線路接到晶片，再從晶片搜集到經驗訊號。而每個消費者攝入體內的經驗，則是包含經驗訊號的微粒，一進入人體，只會吸附在人腦晶片上，在附著力被人體自身代謝至消退之前，使用者就能體驗短暫的，大約三至五分鐘的他人經驗。

虛擬實境只能模擬視覺和聽覺，但「經驗」可以傳遞其他感官，並且可以同時發生。像是她最近一次的海的經驗，其中有海水刷上腳背的經驗，那麼她腦中負責腳趾和腳背的感受的區塊，就會接收由經驗製造員所輸出的「冰涼」資訊，便能感覺到「腳泡在海水裡的冰涼」。同時也有海風的氣息，以及頭髮和皮膚被海風吹得黏膩的體感。在她感到雙腳溼冷的同時，她也感覺到身體摸起來黏手，頭髮摸起來乾澀，鼻腔和舌底鹹苦的嗅覺和味覺。而實際上她的身體、頭髮、鼻腔、舌頭都沒有任何變化。只是大腦讓她感覺如此。

她仍然沒有到過實體的海。但是，她購買了數十種海的經驗。而當輸入過這麼多而繁雜的海的經驗之後，她時常遺忘自己其實不曾見過海。經驗過剩的遺忘，或者是，經驗使得本體消失。有時候，她甚至會想，也許海洋並不存在，只有經驗是存在的。是這些經驗使得海洋存在，而人們只需要海的經驗，從此不需要海洋。

只不過，在她購買過這麼多的經驗，吃下無數個經驗蛋糕、經驗糖果、經驗巧克力，讓它們在她體內展開繁花般的感官，她卻會在每一次經驗退去時，恍然地想，為什麼沒有一個關於人與人觸覺的經驗？她經驗了山上的風，巷弄裡的驟雨，躺遍了家具店裡的床，嗅聞超市裡涼冷而駁雜的氣味，甚至嚐過家裡絕不會出現的菜餚的味道。她和許多人一樣，哪裡都沒去過，但什麼都經驗過了，但為什麼，最近最近的，近在同個屋簷底下的人類之間的觸碰，無論是哪個經驗製造公司，都沒有販賣？

母親不曉得，機器管家不會回答，動物園的那些人和她一樣疑惑。

動物園的眾人在畢業將臨時，偶爾聚在虛擬咖啡廳討論未來職涯規劃。她提到自己正在考慮經驗製造公司。那時他們便議論起來，關於觸覺經驗為何缺席於經驗的貨架。

「經驗終究需要原初。」大象講起話時，那條長長的鼻子隨著它講話的幅度甩動。「如果經驗製造人員已經是生長於零觸碰時代的人，那麼他們永遠無法想像觸碰，也就無法構成觸碰的訊號。」

「那不合理。」長頸鹿垂下頭，湊在大象的臉龐像要啣起它的話語。「我們這一代甚至有過童年時期的觸碰。那些早於我們工作的人員，無論如何，應該都擁有比我們更長的觸碰記憶。」

當它們爭辯，而其他人——其他動物——的頭顱，像是觀看網球比賽的觀眾，隨著它們的話語左右擺動時，只有灰兔靜靜站立後方。它穿過所有擠在它前方的各式動物的身軀，逕直坐上大家圍著的圓桌。它的話語讓所有人靜了下來。

「或許答案很簡單。」它舉起一隻卡通化的，看起來肥軟的粗厚手指。「那就是，官方禁止輸出人與人的觸碰經驗。」它的話語像吊線一般將它拉起身，站在桌上。「官方要抑止我們對於觸覺的渴望，所以會監控所有出產經驗商品的程序。如果製造員輸出和觸覺相關的神經訊號，那些訊號會在成為商品之前，就被攔阻和銷毀。」

它敞開雙手。「我們並非不能觸碰，我們是被禁止觸碰。為什麼，禁止的背後是什麼？」

它轉向她化身成的粉紅兔。她抬眼望著灰兔的眼睛，仍然一如平常，看不透它的心思。「我不曾這樣想過。」她回應灰兔。

灰兔沒有回答她。它繼續敞開雙手，並且向她傾倒——從它站立的桌上，直直地朝她墜落——儘管她知道在虛擬實境沒有真實的碰撞，她仍然下意識地縮起身體。灰兔和它撐張的雙手，像一面影子淹蓋過她。

灰兔穿越了她。兩隻灰色的卡通化腳掌輕巧地落在她背後。

她回過身，灰兔亦是。她看著灰兔，像看著另一個自己，同樣是兔子，只是顏色不同。「這就是我們活了這麼久，這麼久的零觸碰世界。沒有觸碰，沒有觸覺，認識得再久，仍然是只能穿透彼此的幽靈。」灰色眼眸深處透出的這句話，結束了他們的會面。

她再度見到童年那堵分離她和母親的牆，以及那顆鑲嵌在銀灰色牆壁裡的鏡頭，是在面試經驗製造公司的時候。與她幼年模糊的記憶不同的是，這一次，她見到的鏡頭，不是3D投影的虛空，而是一堵實體的牆。

這一次，鏡頭不再是宣告什麼，而是她的面試官。在一個密閉的，所有牆面、地板和天花板都是銀灰色的金屬材質構成的房間裡，她坐在牆的一邊，鏡頭鑲嵌在對面的牆裡。此外一無所有。

因此，當鏡頭發出聲音時，她有種錯覺，彷彿鏡頭的聲音並非從她對面傳來，而是從所有鐵灰色的牆面蔓延進來。

「事實上，在收到你應徵的那一刻，我們就決定好了你的職務。」鏡頭說。

她不清楚這個聲音是否和童年那個直播畫面的鏡頭一樣。

「每一個應徵者我們都是這樣處理的。」鏡頭似乎洞悉了她的疑惑。「一個人應徵的時候，我們會調閱他所有在虛擬空間的紀錄。買過的東西，在虛擬學校選擇的課程和成績，在虛擬空間裡去過的地方、玩過的遊戲。所有。我們以此運算出應徵者在這個組織中最合適的位置。」

她沒有回答。甚至，在這樣彷若被宣判的時刻，她才恍然理解，為什麼當年母親在聆聽零觸碰世界的宣告時，會呈現那樣近乎失神、被掏空的模樣。當一個過於龐雜的物事在人的意念之前決定了人，人會忽然感覺不到自己。甚至必須閃躲那從真空的自己深處浮起的困惑：如果某個來自外部的聲音預先決定了我，那麼我還是我嗎？我曾經是我以為的我嗎？

在那顆深不見底的鏡頭中，她看見自己在鏡面上扭曲的倒影。她訥然詢問自己將要擔任什麼職務。

當鏡頭回覆她時，像是那個扭曲的自己回應：「經驗包裝。稍晚會有機器人祕書帶你到你的專屬獨立工作間。你會在那裡，自然而然習得如何作業。現階段，在面談的這段時間，你可以詢問我們問題。」

她想起那場她和動物園的同儕們在虛擬咖啡廳的辯論。關於為什麼無從購得觸覺經驗。她也想起灰兔子如何駁倒了所有其他人，宣稱觸覺被官方監管。於是她便問：「為什麼市面上沒有觸覺經驗可以購買呢？」

銀色的房間靜了下來，彷彿她的問句是一個開關，切斷了鏡頭的電源。她無從判斷鏡頭是否還在運作，是否還會回答她。鏡頭闃靜，內核深處的紅光不滅。但沒有聲音。沒有指示。

無法計量的時間過後，在她幾乎要因為壓進耳裡的靜默而產生嘈雜的幻聽時，她身後的灰色牆面，開出了一道門。那不是她進到房間裡的方向，她記得，而她也不曾有印象，這裡的任何一面牆，有任何看起來像是能成為出入口的地方。

一切都存在於無形。她年幼時的那份零觸碰宣告如是；她成長時期所有接觸的虛擬世界如是，她來到這裡面試工作，鏡頭的聲音和無從得知如何開啟的門，也是如此。

規整裂開的牆面裡，站著一具機器人。和家裡那具還有粗略人形的機器管家不同，眼前這具機器人只是一塊直立的長方體，深暗的黑色彷彿剛才那個牆壁裡的鏡頭融解成這塊長方體的面板。因此當長方體發出和鏡頭一樣的聲音，她並不感到意外。「請跟我來。」長方體在灰色的地面懸浮移動，她踩著因為久未外出而不習慣的短跟鞋，就這樣兩個人，一雙腳步聲，走進漫長的甬道。

漫長甚至不足以形容甬道，她想。是毫無止盡。和方才房間裡一樣，無接縫的鐵灰色牆面，無盡延伸到視線極處，像是剛才那間房間，無限地複製貼上。她走著，走著，筆直向前。她不曾感覺有過任何彎道。走了無法計量的時間。雙腿發麻，喘息加重，仍然看不到甬道的盡頭。在幾次心神因為過度行走而稀薄時，她會懷疑自己走進他人的夢境。畢竟，從外觀看來，經驗製造公司只是一棟尋常的辦公大樓，從外部經過，只不過一個街廓的距離，無論如何都不可能這樣沒有止盡地步行。她沒有將這些疑惑說出來，一方面是她走得焦渴，乾澀的喉嚨無法再擠出一個字，另一方面是，她還記得無法計量的時間之前，她在房間問的問題，最後只引來瞶耳的沉默。和機器交流總是讓人心灰意冷。她想起每一句對機械管家投擲但從來沒有得到回覆的話語。

因此，當她發現視線最遠最遠的端點，有一點白光時，她仍然無望地想，那大概又是另一個幻覺。另一個讓她以為將要看到終點，最終卻又掉入無盡灰牆的起點。

然而並不。隨著她已經步行到顫抖的腳步，那微小的光點逐漸擴大，日出般地延伸成水平線，接著又海浪般地湧成一整面光。原本跟在機器人身後的她，被那面光吸引，忽然能加快跛行的步伐，超越了機器人。

她的最後幾步不再是拖行，而是一躍撲進了光裡。

白光讓她目盲。等到她適應光線時，她發現自己踩著一面陰影。而當她抬頭向那陰影的根源，她和一顆懸吊的人頭四目相對。

更準確來說，是一具懸浮的人體。朝她傾斜的頭顱歪斜地掛在脖子上，似乎隨時會喪失支撐而墜落。

頭顱倒是沒有墜落，而是看清那顆頭顱和整具人體的她跌落，並顫抖地往後挪動。而隨著向後挪動的視線，她看見更多更多人體，以不同姿態懸掛。

人體的數量無法窮盡。在無盡的白茫空間裡，懸吊的人體像數不盡的星座，各自開展，各自綿延。這些人體沒有一絲毛髮，也看不出性徵。像是毫無生命的吊線木偶，也像是隨時都會動起來的假人。

在她不斷往後挪動的身後，那塊黑色的長方體機器人承接了她。她感覺一瞬涼冷，貼著機器人的後背傳來聲音：「這裡是經驗製造室。帶你來這裡，是為了回答你剛才的問題。」她感覺後側肋骨因為機器人的聲音而薄薄地震動，甚至傳導到了胸腔，彷彿這些話語來自她的身體內部。

「所有市面上能購買的經驗都來自這裡。關於經驗的說法，坊間大多流傳，是有特定的人類經驗製造者輸出資訊，而後包裹成經驗商品，輸入給消費者。這其實不完全正確。真正創造經驗的，其實是你眼前這些生化人。我們從人類歷史資料庫當中，擷取所有我們植入人腦的晶片搜集而來的感官資訊。但並不就此直接轉製為商品，而是輸入到這些生化人之中。也就是那些連結每個生化人特定部位的管線。」

她沿著話語望去，這才發覺每個人體都只有一處連結從天花板垂墜的吊線，其餘部位失去生命般地垂墜。只掛著一隻手指的，看起來像在求救；吊線銜接腳踝的，彷彿定格在墜樓的瞬間；而剛才那個和她四目相覷的頭顱，只有後頭連結掛線，因而像是掉進一場恆久的自縊。

「事實上，人類的經驗訊號，是一團雜訊，其中交雜著肉身的感官，也包括情緒、情感，以及當下的思維等等。如果直接從一個人類傳導經驗到另一個人身上，只會導致資訊過載。你也許會想經驗另一個人經驗的海——你的購物資訊顯示你的偏好為此——但你恐怕不會想在經驗他人的海時，還要負擔那人看海時的種種情緒、意識和潛意識，以及這些附加訊息所透露的更多私人訊息。

「為了剝除附帶雜訊，我們將那些從所有人腦晶片搜集而來的經驗訊息，輸入這些生化人中。這是所謂『訊息純化』的過程。生化人成為雜訊的過濾器，一個生化人負責一種感官的純化。例如那個手指連著線路的，當一段關於海的經驗輸入給它，它將只會輸出『和手相關』的部分，其餘的訊號，會在它體內稀釋掉。於是，一段海的經驗在經過多個生化人的過濾之後，將會剩下單一部位的純粹感官資訊，接著，再由經驗包裝技術員，也就是你之後將要任職的位置，來混合成商品。

「至於為什麼沒有和人觸碰的經驗，答案很簡單。因為在和人類觸碰的感官上，這些生化人必須是一張白紙。我們不能讓生化人有先驗的人類觸覺經驗，因為這些生化人，將來都會真正與人類肉身相合。我們要去除生化人體內的觸覺原始資訊，為的是讓它們將來能更完善地貼近人類。」

她想起前來面試的路上，大樓牆面的顯像、懸浮在半空中的全息投影、以及最近在虛擬空間偶爾會出現的宣傳車、廣告單、甚至是某個NPC遊戲角色從身邊走過，每個人物都說著同一句話，每一個廣告牆面都寫著同一行字，而那些字都疊合著此刻在她背後的長方體機器人的聲音。

「那是零觸碰世界的下一個階段，人機配種計畫。」

她醒在配種生化人的懷裡。她近看它的臉龐，沒有一絲瑕疵的肌膚，以及沒有闔上的，彷彿永遠不會閉上的眼睛——那一刻，她猛然想起配種之前，最初面試經驗製造公司的那一天。那時，她在一片白茫之境，第一個對上眼的，懸掛的生化人，也是這樣，睜著一雙永遠不需要眨動的眼睛。

如今想起來，那些都遙遠得像是另一個人的記憶。某種程度上，那的確是，她想，那是她還在前一個身軀裡所經驗的。在新身體裡想起舊身體的記憶，有時感覺像是靈魂寄居在他人的體內，從他人的眼睛觀看他人之事。而一切都已經與此刻無關。

或許也不盡然無關。她的指節輕輕沿著生化人的臉頰滑過，偶爾她會猜想，如今這具成為自己伴侶的生化人，當時是被懸掛在哪裡，作為什麼感官的過濾器。她終究沒有問出口，也不確定自己想不想要知道。或許她只是不想承認，眼前的配種生化人，並非獨一無二的伴侶，而只是那些千萬個被大量製造出來的懸掛人體中，隨機被抽起線來，再垂放到她身邊的物件。

那樣多，那樣多沒有臉面的人體，綿延到視線的極境之外。那些畫面仍然晃蕩於她的記憶，像現在這樣，在睡醒時分想起，偶爾會懷疑那些配種前的時光，是一場睡得太深的夢魘。

而如今終於從那樣的夢中離開，在夢外的世界，她感覺自己被一個人接著——扎扎實實地，實體地，蜷縮在他人的臂彎裡。配種生化人電毯似地包裹她，並用它帶熱的指尖，沿著她的脊椎輕輕滑動，像是播奏一首安眠曲。

生化人對她說話。她會在它吐露第一個字之前知道——因為它有嘴巴，有肉身，儘管不見得是人類意義的肉。至少不是那個長方體的機器人，不是那顆鑲嵌在牆壁的機械眼睛，每次和它們對話，她總是不確定那些機體的話語從哪裡開始，又會在何處結束，也不知道自己拋擲出去的訊息，有沒有被接收，會不會被回覆。

「配種過後兩個半月，可以執行外出。」生化人語詞偶爾僵硬。但她覺得無妨。

至少她感覺是一個活物在對自己說話。至少她感覺到一個人體的觸碰。這一切讓她確認，自己是有人陪伴的人，有實體觸覺的人，保有自己又能依靠他人的人。

他們離開床鋪，走向門口。生化人站在她的右側，以左手攙扶她的髂腰。一陣又一陣暖熱的能量，從她的骨盆湧動。生化人的手像是護具，撐起她的骨盆，讓她能夠走足夠長久的路而不致疲勞。

屋子的門開啟，一個多彩的世界在她眼前敞開。這裡的高樓不再是單調的銘銀色，而都披上光燦斑斕的光影，有些是圖騰，有些是廣告。行道路成為馬賽克拼貼，隨著每一對行走其上的配種者的步伐流動幻化。太多光彩一下全湧入她的視線，使得她像目視太陽一般收緊雙眼。

「歡迎來到新世界。」生化人向她解釋，「這是完全為配種後的新身體，以及雙雙並行的配種者——也就是我們兩人——所打造的世界。」

「好久沒有看到這麼多顏色。以前只有在虛擬世界才能看到。」當她看見這麼豐盛的視覺，她還下意識地摸摸額頭，確認那裡沒有虛擬實境裝置。

「這是新的身體才能感知到的世界。」他們並行走進門外的世界，光彩像雨一樣墜落她的身軀，為她的身體著色——那時她才忽然意識到，他們並沒有穿著衣物。她下意識抱住自己，儘管她的身體已經沒有需要遮蔽的理由。

生化人見狀向她解釋：「新的身體不需要衣物。遮蔽、修飾、保暖，任何衣服的功能，都已經寫入新生的皮膚裡。你的肉身永遠會維持在最良好的體態，你的皮膚會根據外在溫度自動調節體表溫度，使你不再畏懼寒冷，也不倦怠於炎熱。更何況，當去除掉一切性徵，人類最初感到羞恥的原因，也就從此消失。」

他們維持生化人攙扶人類的姿勢，經過公園裡的水池，池面懸浮虛擬投影，是一對相互擁抱的人與生化人——儘管乍看之下區別不大。當她和她的生化人行經，那兩個水面上的投影便轉頭向他們，對他們說：「人機配種世界，人類失而復得的樂園。」他們和投影人像相望，彷彿這一虛一實的人機伴侶，真正能看見彼此。

她怔忡和那樣一對臉上洋溢美好光澤的伴侶對望，直到一聲鳥鳴，從搖盪的人造樹影間滴進她的身體。

隨後，那一滴鳥鳴，掀起聲音的浪，湧向她。人造行道樹的葉子，將人造陽光篩出了窸窣的聲響。她聽見音樂，在遠處那些高樓間流竄。也有人聲。她許久沒有在外聽見人聲。其他兩兩並行的人機伴侶也在公園其他處走動，聊天，笑鬧，她聽見他們交雜的話語。話語的背景音，是車道的車行聲，是其他全像廣告人物歡快跳舞、搖擺、喧鬧的雜響。

「我都不知道，運轉中的城市能夠這樣吵雜。」她環看周遭，生化人隨著她的視線扭轉頭顱，跟著她探索的腳步且走且停。她不確定生化人是否理解她的驚訝與迷惑，畢竟，在她自幼生長的零觸碰世界裡，城市是個無限安靜的地方。在舊世界，為了杜絕觸碰，街上幾乎不再有人，也就沒有任何影音投放，只有稀少班次的車輛在空曠的街衢低鳴。

「這些大多是人造的。」生化人回應她。「這世界早已沒有鳥類，但我們可以聽見人造的鳥鳴。人造行道樹不需要晃動，我們也能聽見它們晃動的聲響。而我們眼見的這些光彩，這些顏色的波長，並不為人類肉眼可見。如果一個舊身體的人來到這裡，也只會遭遇慘白與乏味的安靜。人造的一切限定給人造的身體。只有新生的身體能夠感知有聲有色的熱鬧。」

那時她才明白，這具被剝去性徵和痛覺的身體，並不如她以為的麻木無感。至少，配種身體接收了一切設定給它接收的訊號。包括這座不再靜音無色的城市，包括生化人的觸碰。

包括更好的配種生活願景。在公園的出口，另一對配種伴侶迎面而來。和他們一樣，對方的生化人，攙扶著人類的腰。於是他們看起來，像是她和生化人的鏡映。兩對配種伴侶對彼此微笑，招呼。她看著對方人類身上不斷流變的光線，迷彩似地彩繪對方的身體與臉龐。她想她在對方眼裡看來大概也是如此。

當她將視線轉向對方的生化人，她首先看見的，是左胸膛的數字。她想起當時，在新身體甦醒後不久，生化人曾經指著自己左胸上的數字零。

「這是人機同步率。這個數字呈現我們之間協調的程度。」

「要協調什麼呢？」她問。

「所有。隨著我們更多的互動，我應該能夠逐漸偵測你的呼吸心跳、新陳代謝、情感思緒，甚至是你尚未意識到的念頭。生化人被納入人機配種計畫的唯一目的，就是協助人類提高人機同步率。」

「這對人類有什麼好處呢？」

「這代表生化人可以協助管理、協調、控制配種人類的生理機能和情緒波動。當同步率越高，我們就越趨近於一對配對成功的裝置。我能接收和調控你的所有訊號，就像操縱一對配對好的裝置，其中一臺播放影片，另一臺也會如此。而所有人類自己難以掌控的，都能交給生化人來維持在最佳狀態，從器官的運作到情緒的穩定，全部。」

「所以人類會被生化人操控。」那時，她還沒完全從配種手術後的疲勞恢復，只能接續短小的話語。

「不。」生化人立刻回覆，「這不是操控。這是終極的理解。在同步率當中，再也沒有自我與他者之間溝通的誤會，再也沒有資訊的落差。同步率越高，代表我越了解你。」

「那我會了解你嗎？」她躺著，氣息微弱地看著才剛開始熟悉的生化人的臉。那時，她還不能完全掌握新的身體，她想舉起手撫摸那張臉，但是手沒有任何回應。

倒是生化人像是預先明白了什麼，將她的手捧起來。那樣軟熱的觸摸讓還虛弱的她流下眼淚——她已經太過習慣機械管家總是壓痛她的手，而那是她長久以來唯一熟悉的觸碰。她沒能預期原來手與手之間的相遇可以如此溫柔。

「你看。」生化人將她的手放在自己的左胸，寫著同步率數字的位置。她的掌心包裹著它胸上的數字零。「你感覺不到我的心跳。因為我沒有心。人工心臟也沒有。」

「你不會了解我。因為我是空的，沒有任何事物可以讓你了解。我只是一個容器，用來盛裝你。」

她的視線牢牢地磁吸在生化人湖水藍的瞳眸裡，因而她沒有發現，在她的掌心，生化人胸口的同步率數字，悄悄破開了零的圓圈。

等到她再度意識到生化人胸膛上的數字時，那裡已經成為數字一。那是術後兩週的早晨，她仍然大多時候臥床，等待生化人來到床邊，搓揉她的手指。

每一天，都是從四肢和末梢開始的。生化人告訴她，這是例行的「配對」程序。

配種生化人依序搓揉她的每一根指頭。雙腳的小指到拇指，雙手的小指到拇指。接著是手掌和腳掌，沿著人工筋膜的肌理，從她的指尖走到掌心。接著生化人會輕輕旋轉她的腳踝、手腕。而後再輕輕按壓她的小腿、小手臂。生化人的指尖經過之處，她的身體便會閃動白光，一剎那地，像拍照時的閃光燈。那白光會倏忽照亮她人造皮膚的每一層，以及其下所有人造肌肉紋理和組織。

那些白光代表她的身體，那些重置的人造觸覺受器，正在和生化人的指尖，互相配對，彼此記憶微弱的電子訊號。

她的意識會隨著生化人的揉捏逐漸清晰成形。這也意味著，她的中樞神經，正確連結到末梢和四肢——生化人從指尖傳遞的喚醒訊號，透過她體表的觸覺受器，連結到她大腦的神經元，使她醒得越來越透澈。

在她清醒後，生化人會協助她執行肢體的自主行動訓練：一手扶著她的腳掌，一手撐起她的大腿，將她的膝蓋朝胸口推進，再收回。如此反覆幾次。手部也是，生化人將自己的手握成一顆球，放置在她的手裡，讓她練習抓握。接著，再讓她握住生化人的手，舉啞鈴似地收縮二頭肌，再放鬆。她逐漸能夠不倚靠外力，流暢地操控四肢——也就意味著她的運動神經元，正在逐步銜接上新安裝的肌肉。

正是在生化人將她的膝蓋推向胸口時，她發現它的左胸膛的數字，已經不再是零。並且，隨著每一次他們之間的肢體接觸，那個新生的數字一後方，小數點之後數不清位數的數字，都會以微小的幅度上升。

「我像個失能者。」她說。

「這是適應一具新身體的過程。」當生化人回答她，她發現同步率的數字也些微攀升。所有觸碰，所有對話，所有互動，都可以增加同步率，她想。

他們的同步程度，顯然還不足以讓生化人發現她話語和思維之間的落差。生化人兀自繼續：「每個人類在嬰兒時期都曾度過漫長的身體形態學。透過每一次協調或不協調的動作，摸索出穩定與控制；透過每一次觸碰身體以外的物件，來確認自己的形狀與邊界。我們要做的，是不斷重複。人的大腦需要重複來強化神經之間的訊息傳遞。而如今的你，是將一條人體的神經系統，植入另一具人工的身體中。只要不斷重複動作，神經系統就會慢慢和新的身體連接起來，如同它曾經在舊的軀殼所棲居的身體部位。」

她不確定自己聽進去多少。她只是盯著那個數字，隨著生化人的每一個字，增加一個微小的小數。

「人類的身體，渴望重複。」

後來她逐漸明白，同步率並不只關於配種人類和生化人之間。同步率，就是新世界的基礎。

重複的不只是每一天她和生化人的配對，也包括每一次例行外出。例行外出，與其說是要讓身體活動，不如說是要對外證明，自己是一個合格、快樂、幸福的配種人類。當一踏進那個光彩幻化的世界，每一個行為便成為同步率的標準。當她習慣了新世界的繁華光彩，她逐漸意識到，同步率的數字無時不刻跟著她，彷彿一道新生的影子。

例如，她和她的生化人第一次外出，遇到另一對配種伴侶。在他們兩兩成對，相互招呼過後，對方的人類微笑對她說：「您和配種生化人看來真是一對美好的伴侶。」

那時她還沒反應過來，還無法肯定自己是否就此成為他人眼中的配種人類，彷彿一對襪子的一只。她訥然道謝，並且快速離開。生化人扶著她的腰，跟上她的步伐。「數字提升了。」在疾走中，生化人毫無喘息地告訴她。

她停下腳步，轉過身看著那胸膛上的一％後方，蛇一般長的小數五一四八〇〇七五二四九〇一，最後的一升到三。那時她才曉得，讚美其他配種伴侶並且獲得讚美，是提升同步率的一環。

讚美如此物質地作用在生化人的胸膛上。或許更物質的是，當她和配種生化人偕行於所有商業空間，她發現所有物件的價格牌示都是浮動的。每一個用品的標籤，每一件商品的吊牌，都會在她觸碰的瞬間，感測同步率，換算成新的價錢。她每每在貨架前駐足，不是端詳那些商品，而是細看牌子上的數字如何變動。除了顯示現在購買的價錢，牌子上跳動的數字，也會告知在特定時間提高多少百分比同步率，將能獲得的額外優惠價錢。又或者，當她和生化人離開商場，坐進餐廳，共讀一份電子菜單時，每一道菜的價錢都會顯示原始價格疊上同步率的換算痕跡。

這麼多、這麼多的數字環繞，使她驚覺並不是她在估量商品的價錢，而是每一件商品都在估量她的價值。

估量她是否適足於這個社會系統的價值。數字指向她的適應性，不只是適應自己的身體，也是適應和配種生化人互動的身體，更是適應這個由新身體衍生成的新世界。

新世界是完全以配種伴侶為基礎所打造的。像是這間餐廳，以及所有餐廳，沒有單人座位，也沒有任何四人座位。所有位置，都是雙人座。並且，是兩人共坐一側的雙人座。這樣的設計讓生化人能夠持續攬著人類的身體，無論是腰部、身側或肩膀。而那些持續接觸的時間，將能換算成同步率。

每一桌都坐著兩個並排的人影，然而每一桌都只有一人份的食物。儘管已經知道如此，但每當送餐機器人將她的套餐放上餐桌，對著一人份的食物，她仍然會想，為什麼成為有伴侶的配種人類，仍然如同舊世界一般，只能獨自進食呢。

「我們並不被設計來進食。」她記得生化人曾經這樣告訴她。「如同我跟你說過的，我沒有人工的心跳，我也沒有任何其他人造的臟器。除了光纖與晶片，我的體內，一無所有。」

這樣空洞的身體，卻裝不下一小塊臟器，或者僅僅一些食物。她想。

「生化人必須足夠空虛，才能盛裝配種人類的所有資訊。」生化人使用沒有攙扶她的那隻手，將餐具遞給她。

當生化人這麼說，她一度以為自己的心思已經被同步率傳導給生化人。她轉頭盯看它，而它只是睜著澄澈的雙眼回望她。在那雙透藍如海的眼眸裡，她打撈不到任何資訊。她不確定它在思考什麼，或者什麼也沒想，更不確定它是否知道何為思考。

她沉默接過餐具，循序吃完送餐機器人送來的一人份套餐。兩個人，一套餐具，一個托盤，在生化人的眼神中，在它環著腰際的暖熱中，用畢餐食。

「這樣的進食和舊世界並無不同。」她沒有擦嘴。新身體的皮膚是奈米級材質，一點髒汙都不沾附。

「是有所不同。」生化人回應。「我的資料庫顯示，人類在舊世界是和機械管家對坐進食。舊世界的人類不會有並坐時的肢體接觸。機械管家不會和人類對話，而同一個家庭裡的人類不會彼此觸碰。人機配種和這些事實相反，因此這就是成為伴侶的意義。」

「我以為，成為伴侶，應該會過上我曾經看過的古老世界影像的生活。古老世界在零觸碰世界之前，還沒禁止觸碰。所以一對伴侶會共同分享一桌食物。」

「那是人人關係的相處模式。但現在人類擁有的，是人機關係，並且新世界人類的身體也不再如同以往。當身體和關係的成分改變，或許關係的樣態也該有所不同。」

她再度沉默。生化人總是使她沉默。她不確定這樣寬廣而頻繁的沉默，是否也是人機關係的樣態。

沉默像用餐空間一樣寬廣。離座前往結帳時，她經過其他座位。有比他們方才的位置更寬闊的座椅和餐桌，甚至有踞高面對城市夜景的包廂。那是更高的同步率能換得的空間，她曉得。如同所有物件的價錢皆以同步率換算，一對配種伴侶在新世界所能獲取的空間，也和同步率成正比。

然而那樣寬闊的空間，仍然只在最小的區域，坐著彼此捱肩的人與生化人。再大的桌子，也只有人類面前那一小方區塊，擺上一人份的食物。她望向那個最高同步率區段可以換得的包廂，看著裡頭的生化人為人類再斟一杯紅酒。無論在裡頭坐得再久，永遠不會響起一對酒杯碰撞的聲響。

這個喧鬧多彩的新世界，仍然有無法被製造出來的聲音；就如同那個蒼白寂靜的舊世界，有再多經驗產品，也買不到一顆包裹人際觸覺的糖果。

所有在舊世界僅被准許虛擬的，在新世界都以實體成真：人們可以在城市漫步，在餐廳用餐，到超市購物；人類仍然不會彼此觸碰，但可以和幾近於人的生化人恆久接觸。

「人機配種計畫，就是零觸碰世界的完美模式。」他們行經廣場，半空中，虛擬投影的政府官員與他的生化人相偕而立。「所有曾被禁止的，在這裡都被允許。所有人人關係的傳染疑慮，都在人與生化人的配對中，一次勾除。」

虛擬影像的下方聚集很多兩兩並立的配種伴侶。她也不自主地趨近，畢竟，官方宣導能夠獲得這麼多的聽眾，並不是尋常的事。

靠近之後，她才發現所有聚集的人，都不是為了仰望那不斷自我重複的官員影像。

所有人，都盯著虛擬官員正下方，一個實體的人，隻身一人。敞開雙手，僵直站立。

那是沒有配種的雄性人類。她一眼就看出來了。皮膚暗沉、垂墜，歲月在眼尾、嘴角、頸項刻滿或明或暗的痕跡，削短的頭髮色澤參差。這是只有舊人類的身體才會發生的老化現象。她調整人造眼睛的焦距，從遠方仔細觀察那人的皮膚紋路，如同從樹的年輪推估歲月。她猜測那人大概在舊身體度過了四十多年。

新世界只有配種過的人才能進駐。

這人是偷渡進來的。

從什麼地方偷渡。

不曉得。

那我們又是如何來到這裡。

不曉得。我們不需要知道。

但如果不知道，就無法推論這個舊人類的來歷。

耳語在她四周漂浮。

他想做什麼。

你忘記了嗎，這個姿態，這個恆久不動的站立。

這對敞開的雙手。

在眾多話語載浮載沉，她想起在舊世界的虛擬實境中，那一次就職前的動物園聚會。那時，和她選擇同一種動物替身，但是使用青灰毛色的兔子，從眾人圍聚的桌上朝她一躍而下。那時，灰兔也是呈現這樣的姿勢。敞開雙臂，直立身體，一個十字。

這個十字，就是他們的標記。

他們是誰。

你真的忘了。

或許我只是沒經歷過。

他們啊，他們。曾經佔據舊世界的最大通道。

自由擁抱組織。Free hugs。免費擁抱，擁抱自由。

這是不潔的思想。

何止思想，也是不潔的組織，不潔的行動。

她還記得，在舊世界，那一次參與者最多的行動所佔據的衢道，就在她的家屋五十層樓的窗下。

機械警察前來。所有配種伴侶讓出空間。

那名人類沒有移動，眼神沒有一絲飄移。他將自己站成雕像。機械警察，也如同搬運一座雕像，一個抬腳，一個抬肩膀，將他變成橫倒的十字。

「人機配種計畫，」仍然懸浮在半空的官員，不知第幾次重複播放宣傳語言。

「是一場謊言。」橫架在機械警察手臂上的十字，忽然爆出吶喊。「是——」

她看見那人的嘴巴仍然動作，脖子爆出青筋，臉部皺褶起來，顯然是賣力吼叫。但她不再能聽見他的聲音。那人像被靜音一樣，躺在機械警察的手臂上，無聲說出喑啞的字詞。

和舊世界一樣。她想起來了。那些機械警察能夠發送干擾波，抵銷掉行動示威的聲音。

在舊世界，那是一場漫長的清運，最終成為過於擁擠的沉默。那一次最大型的 free hugs 行動，讓機械警察花了一個多月，才將所有站成十字的人，全部搬移。

她想起無數個，在寂靜中被機械警察平抬起來，騰空仰躺的十字人體。那時候，還沒換上新身體，沒有能夠望遠的眼睛。在五十層樓外的高空，她看不清那些人的面龐。

08

那時候，還是舊世界，還是舊身體。

她站在家屋的窗邊，往下眺望縱向的中央大道，以及幾條支脈似的橫向、斜向中小街道。沿著中央大道，視線走到最遠端，是一棟黑曜色大樓。那是中央政府所在地，也是一整棟讓中央ＡＩ——也就是為零觸碰世界揭開序幕的ＡＩ——得以運算的，巨岩般的主機。

於是，整座城市，就像巨人的神經系統。黑色大樓是腦，中央大道是脊椎，四周蔓生遊走的街道是脊髓神經。

而城市裡的人就是各式各樣的細胞。在她虛擬求學的最後一段時光，神經系統被細胞群聚佔滿，交通癱瘓。像是城市的自體免疫系統失調，自身的細胞侵蝕自己的神經。然而，哪一邊才是免疫系統呢。看著被群眾吸引而來的，遠遠看來是一塊一塊方糖般的立方體的機械警察，她陷入了空蕩的沉思。

她這才意會到，自己從來不曾見過這樣多實體的人，儘管只是遠觀。也不曾目睹城市的街道能夠容納如此大量的人潮。在她的成長記憶中，街道始終荒蕪，一但離開家屋，外頭大多是無人的廢墟。

零觸碰政策讓實體商家逐漸移轉至虛擬空間，餐廳全面廢棄。所有曾經能夠聚集人群的空間，一下子都老了下來。一旦不再有人使用，那些被棄置的場所，一個個都凹陷成年邁的鬼魂，張著無牙的嘴，睜著沒有眼珠的雙眼。到了後來，已經難以區別，是因為無人造訪而使得廢墟像黴菌一般迅速孳生，還是因為那些一幢幢空洞的場所太像駭人的幽靈，而使得城裡的人寧願將自己反鎖於家屋。

然而，在這座逐漸長成荒野的城市裡，當人逐漸無法在緊關家門的幽閉恐懼以及空洞樓面的空曠恐懼之間取捨，漫無人煙的城市角落又慢慢顯現了人影。

一開始，那些晃蕩於城市的人影並沒有固定的型態。他們只是遊走，沒有目的，沒有方向，夢遊似地在空曠的樓房裡徘徊。在廢棄的餐廳裡獨坐一張桌子，在無人演講的廳堂裡，沿著椅子間的走道一排、一排，拖曳自己。每當和另一個人靠近，他們會很有默契地，像彼此相斥的磁極，為對方讓出空間。

這場綿延得讓人喪失時間感的集體夢遊，後來因為失去可供遊走的場所而消散。一旦有人流連在某個廢棄空間，不消多久，那棟樓房就會在無人知曉的時候，被泯除成一堆丘狀的磚瓦。人們心知肚明，那是中央ＡＩ調派的無人機，在四下無人時，無聲炸毀那個空間，讓廢棄的更加廢棄。

因此，儘管沒有戰爭，城市卻像經歷了滅絕性的毀壞。除了中央ＡＩ轄下控管的產業大樓、金融機構、醫療院所，其他公共空間，幾乎都不復存在。人們不再有實體夢遊的空間。

「我們強烈希望，那些在實體空間遊蕩的人，在無處可去之後，能夠回到安全的個人空間，回到乾淨的虛擬世界。」中央ＡＩ的黑色鏡頭，以全像投影懸浮在黑色大樓主機頂部，對全城市的人民宣布。

黑色鏡頭遮蔽了太陽，日全蝕似地，為每個仰望的臉龐掩蓋一層暗影。

「我們已經偵測到，這些日子以來，那些在外遊走的人，已經散布太多情緒微粒，像病菌一樣隨風飄散。同時我們也透過虛擬世界的行為追蹤診斷發現，相較於徘徊在實體空間的人，在虛擬空間活動的人，有更好的身心表現。他們樂於社交，和人攀談；在完全沒有觸碰疑慮的狀況下，他們能更有效地和他人溝通，更快速地切換多種身分，更全面地發展自己的生活、工作和興趣。

「我們無法理解為什麼在這麼多事實證明觸碰的負面影響下，仍然有零星的人寧願來到蒼白荒蕪的廢墟，和他人毫無交集地漫步，而不願繼續關在屋裡，在有限的空間中，發展無限的虛擬體驗。

「無論如何，我們希望，在這些實體空間夷為瓦礫之後，能夠有效阻止這些人的失常行為。協助他們回歸正常快樂，沒有觸碰的安全人生。」

事情並未全如中央ＡＩ的預測。

後來，那些夢遊的人，不再顧忌彼此。他們圍著瓦礫堆，或者登附其上，和彼此並肩相依。他們歌唱，有時吶喊，內容總是關於回復人與人的接觸。「我們很快樂，不須證明；我們很安全，不須彼此隔離。」「擁抱彼此，停止疏離，拒絕虛擬，重拾實體的溫度。」

「Free hugs!」他們集體張開雙臂。「擁抱彼此，擁抱自由！」

她曾經，在極少數的外出途中，經過一座聚滿人群的破磚爛瓦。在瓦礫堆疊的高處，站著一個演講的人。

「零觸碰政策，如果不是運算的謬誤，就是政府的陰謀，無論這個政府是不是由人類組成。」從遠處，她看不清那人。然而渾厚的聲音從那單薄的身影穿透而出，甚至抵達距離人群還有些遙遠的她。

「為什麼要讓人與人失去連結？為什麼要以乾淨衛生之名孤絕每一個人？許久以前疫病的封城歷史早就告訴我們，人不能脫離群體，不能永遠只用網路聯繫。我們需要他人的體溫，因為我們每一個人，都誕生於另一個生命體的溫度之中。這是生而為有機體，永遠不會改變的事實。這個事實不會被大數據的計算改變，不會被人工智能的研究改變，它銘刻於我們的肉身，構成我們之為我們。」

附和的喧鬧穿刺她的耳膜。從叫囂的深處，一位清瘦的少年走向她。少年的髮色銀灰，與他紅潤而年輕的臉龐，似乎不太相稱。少年的眼睛也是灰的，灰中帶青。那瞳孔的灰讓她一下子就想起了虛擬世界中的灰兔。

少年遞來一張傳單。「這是我們之後會舉辦的活動。我們不在虛擬世界傳遞訊息，因為那裡已經逃不開中央ＡＩ的監控。」

她接過時，小指輕輕地觸到少年的指頭。那樣輕，那樣輕的觸碰，幾乎只是摸到空氣，不可能感覺到任何體溫。卻讓她像是碰到熱水一樣倏地收手回來。

傳單飄落地上。少年彷彿明白一切，定定望她。「剛開始觸碰人，和人靠近時，必然會經歷這些。因為我們被剝奪觸碰太久。久到觸碰變得陌生甚至讓人害怕。

「當你準備好，你可以隨時來向我們索取自由的擁抱。那將會是前所未有的感動。」

她倉促後退。隨著越退越快的步伐，她的心跳也搏動得更快更響。直到那震耳的心搏搗住了群聚的嘈雜，直到她遠退到少年的身影已經溶解至其他人群。她全身發燙。剛才她輕輕擦過少年的指尖，那樣清涼的溫度，延燒了她的身體。

她不明白。她不明白自己為何如此。一股從未有過的失序攪亂她。她在回家的路上仍然步伐顛簸，心思紛雜，當她仔細回想那輕輕擦觸的一瞬間，無以名之的顫抖甚至讓她停下腳步，將自己縮成一個沒有人能回答的問號。

不能告訴母親。她想。母親自始便嚴格力行零觸碰政策的規則。不能告訴機械管家。她明白。不單是機械管家不會回答，更是因為它會錄下她的疑問，轉交給母親。

她想到虛擬空間和灰兔聊天。偏偏一整個晚上，灰兔都沒有現身。而因為虛擬世界的匿名原則，她永遠不會有其他能夠聯繫上灰兔的方法。

偏偏是在這樣的時候。她才恍然發現自己無法依靠誰。儘管她一直成長於母親和機械管家的照護下，儘管她每一次進入虛擬世界，總有那麼多空間可以自由進出，有那麼遊戲可以共同參與，有那麼多虛擬角色可以相互攀談。

那個讓她弓身的微小擦觸，在無眠的夜裡膨脹成迷惑，讓她翌日再度前往同個瓦礫堆。

但她沒有再見到少年。不只是少年，整座磚瓦小丘都消失了。現場只剩下深灰色的水泥平地，以及圍在平地四周的白色方塊，那些機械警察。一切都像不曾存在過。像一場喧囂的幻夢。在夢之外，她清晰地明白，那些人如同磚瓦一般被清掃光了，像是人類發現聚集的螞蟻，便清除被螞蟻攀附的食物，順帶也將上頭的螞蟻一起掃除。

她的身邊有三兩陌生人。隔著一小段距離，她問道：「那些人去了哪裡？」

才一開口她就發現事情不對勁。她聽不見自己的聲音。她很確定自己開口，也確定自己的喉頭震動，但是沒有聲音。這時她才明白為什麼這一帶如此寂靜。機械警察清除了人，也清除了聲音。以此處為核心，方圓三公里都被機械警察發出的消音頻譜覆蓋，避免圍觀的人交換資訊。如果是今天才來到這裡的人，不會知道發生了什麼事；而如她這類曾經目睹現場的人，也無從將她看見的告訴任何人。那是她第一次知道，機械警察還有這樣的功能。也或許是，因應這些在城市埋伏生長的實體聚會活動，中央ＡＩ為機械警察編寫並安裝此功能。

被消音讓她感覺所有已成幻夢的，更接近一場只存在於自己的幻覺。

離開被消音頻譜覆蓋的區域，她輕輕發出一些不帶意義的聲音，確認還能聽見自己。這樣稍微平復的安心，在回到家後卻又不尋常地被挑起緊繃的神經。

母親早於平常下班的時間，竟已坐在餐桌的一端，自她一踏入家門，便以嚴厲的凝視黏附她的一舉一動。

母親吩咐她坐下。坐到長桌另一端的位子。還不到用餐時間，桌上空無一物。遠遠地她能聽見機械管家在廚房張羅晚餐的聲響。

她才一坐定，母親的聲音就越過長桌。「我收到通知，說你從高觸碰風險的場所回來。」

她訥然無語。必然是那些機械警察裝載監視器，攝下了每一個圍觀者的面龐。

「為什麼要去那裡，要去這麼危險的地方。」

她仍然沉默。她不知道該坦白或如何隱瞞。她感覺母親的話語是另一種消音頻譜，使她噤聲。

「你應該早就知道，我這麼遵守零觸碰政策的原因。」

她知道。她聽過很多次了。她幾乎能預期要再聽一次。

「因為，你的父親，確實因為我的觸碰而死亡。」

她們相隔長桌的兩端，當母親的聲音傳到她這一端，已經稀薄成一縷輕煙。然而母親那雙長期浸漬在愧疚而深黑的眼窩，儘管隔得這麼遙遠，仍然將她拖進了遲遲無法擺脫的那段敘事。

這麼多年，母親總是當機般地重複，當年父親因為免疫系統失調，住進了隔離膠囊。高燒多日，儘管消退之後，父親仍無法從昏迷中醒來。那時母親便被知會，得有心理準備，可能父親往後的日子，都將如此躺在膠囊裡，像一個永遠不會孵化的蛹。母親沒日沒夜待在膠囊一旁，直到一個無人知曉的清晨，母親說，她確實看見父親的眼睛張開一絲細線，她是從那細小的眼神中，看見清晨的反光。

看見父親眼中的晨曦，讓等待多日的母親一時沒了想法。等到回過神時，母親才發現自己已經偷偷打開護士用來插點滴的洞口，從那裡伸進脫下無菌手套的手，覆蓋在父親的手上。「他的手仍然粗糙卻柔軟，表面冰涼但深處溫暖。」每次說到這裡，母親總會使勁搓揉自己的手，彷彿要從手心擰出多年前她終於摸到的溫度。

全因那已成為最後的溫度。父親張眼沒多久，便又闔上雙眼。過沒幾天，免疫系統的暴亂再度掀起，醫生化驗時發現，不該在膠囊中出現的細菌觸發了父親身體過於敏感的警鈴。母親這才坦承那一天她伸進去的手。於常人無謂的細菌，卻成了無菌膠囊內引發風暴的蝴蝶。這一次的風暴又急又猛，醫療人員還疲於對應時，父親的器官已經被自己過度凶暴的免疫細胞蹂躪為廢墟。當父親終於能離開膠囊，卻是面上蓋著白巾，那時母親終於能光明正大執起他的手，「然而那摸起來，不過是包著皮膚的白骨」。

同樣的故事，一字不漏地重複。永遠在同一處停頓，永遠在同一句話上搭配同樣的手勢。如此精準的複述，讓母親看起來像一架被程式寫定的機器。

也是在每一次重複之後，她會想起當年，零觸碰宣告時，母親那張被暗影啃食殆盡的臉。自她懂得語言開始，自她一次一次被迫複習母親的敘事開始，她便隨著自身的成長，逐漸懂得母親當年聆聽宣告的心情。零觸碰政策召喚了母親內心深埋的自責，並作實為切身的法律，切身的罪咎。某種程度上，母親被追溯宣判為有罪者，只因她沒能免於不潔的觸碰，並因此見證了代價。

然而這次話語落盡之後，事情變得有些不同。「為了不要讓你繼續沾染觸碰的風險，按照零觸碰指南，我會讓機械管家限制你的外出。

「你應該能夠理解，一切都是為了你的安全。為了不要讓你沾染任何可疑的病菌和情緒。」

她沉默點頭。儘管她不確定自己是否接受了這一切。也許從來就沒有選擇的餘地。她所遭遇的不過是零觸碰世界運作的必然環節，並不特出，也未被虧待。是世界決定了她，決定了母親，那個灰髮少年，所有人。

也是從那時開始，她逐漸沉迷於經驗產品。除了原本就慣常購買的海潮，她還找了許多嘈雜的，多人擁擠的經驗。像是許多人彼此貼近的演唱會現場，像是眾人推擠在一幅畫前的展覽。那些經驗散裝成焦香捲曲的葉子，她包進紙裡燃燒，抽吸，讓經驗微粒滲進肺葉，黏附腦上的晶片。

雖然那些經驗不會複製任何和人肌膚相親的訊息，但那些買來的經驗中，人群的氣息，雜亂的聲響，都會讓她想起她曾在場的那一次。那一次，儘管和群眾相隔一段距離，她仍然能嗅聞到潮溼、髒汙、交混著不同香水、不同衣物洗劑、不同身體流淌成的氣味。她仍然能聽見太多人同時說著不同的話語，那樣交錯迷亂的噪音。她會一次一次想起那裡，一次一次回憶灰髮少年從景深處走近她的時候。

但她終究沒能買到和少年擦過指尖的微小瞬間。

而買得再多的經驗，也抵不過時間讓那一次切身經歷消退得越來越遙遠。遙遠到，許多日子之後，當她看到家屋樓下，中央大道被佔據時，她首先以為自己看到的是經驗產品的幻覺。

那是自由擁抱組織最大型的行動。本來，在街頭巷尾那些瓦礫堆都被清除且站守機械警察之後，人們都以為自由擁抱行動就此被完全撲滅。而到處都是消音頻譜的鋪蓋，也讓城市從此靜了下來。沒有人能料到，包括中央ＡＩ也沒能運算得到，在這城市，還能聽見那些佔領者的吶喊與歌聲。

當她被那遙遠記憶中的聲音喚醒，來到窗邊時，已經從高處俯望的角度，看見機械警察被調派過來。而那些攢動的人群，終究像被白子圍繞的黑子，逐漸不再有聲音。短暫的歌聲立刻被撲滅為龐大的寂靜。然而那些黑子不為所動，一個個站成擁抱的姿勢，張開雙手，與彼此牽連在一起。這增加了機械警察清運的困難，也讓人群有足夠的時間，向世人展示他們舒張開來的身體。他們一個個在機械警察的搬運中，維持敞開雙臂的姿勢，成為許多交疊的十字，代替聲音說盡了一切。

她凝望在家屋窗下發生的一切。看著一個個十字被搬運往中央ＡＩ的黑曜色大樓。漫長的中央大道的底端，消失在她視野的極限之處。距離太過遙遠，她沒有辦法辨認，灰髮少年是否在那些被搬運的行列之中。她不確定該不該期望看到他。

她只是一直盯著，一直盯著。直到在她身後，機械管家無聲地環繞她。她幾乎驚嚇出聲。冰寒的鋼架貼著她，使她哆嗦。而她像是那些被機械警察搬運的人們一樣，被移動到書房內。機械管家按照設定，為她戴上虛擬實境裝置。

她的視線幻化，從家屋的窗景又切換到虛擬課堂的教室。一進到虛擬教室，她立刻回望灰兔的位子。

灰兔不在那裡。直到中央大道的佔領被清運完畢，直到她從虛擬大學畢業，直到她即將前往經驗公司面試，直到後來自由擁抱組織不再在城市中出現，她都沒有再見到灰兔。

而她自從親身靠近佔領現場，遇到灰髮少年之後，要到了前往經驗公司面試時，家裡的大門，才由母親為她打開。

這之間的時間，已經漫長到喪失了時間本身。漫長到，那個她親身靠近過現場的記憶，逐漸被更多的經驗產品覆蓋。漫長到，灰髮少年的面貌越發模糊，而她也不再冀望能在虛擬世界碰到灰兔。

漫長到，縱使想起和灰髮少年不經意的微小擦觸，也不再使她恍神。

當她終於踏出家門，前往經驗製造公司面試，她已經被那無限的時間融解掉了所有對於觸碰的好奇。而當她結束和黑色鏡頭的面談，目睹了吊滿生化人的巨大房間，走過了看不見盡頭的公司走廊，她則被凝固為不再對任何事物提問的人。

問題不見得得到解答。又縱使得到了，也只不過加深不必要的疑懼。那些垂掛滿室的人體和面龐，此後時常盤據成她的夢魘。她無法忘記自己第一眼對看到的那張臉，那顆因吊掛而歪斜的頭，那張青白色的臉龐。彷彿一場真正的死亡。

而自從那次最大型集會活動被清運結束之後，這座城市便不再有人群，也不再響起任何一點聲音。機械警察的白方形身軀站滿所有地區，包括原本未曾被部署的中央大道。消音頻譜覆蓋所有建築物外的公共區域，只有私人空間和虛擬空間，以及被中央ＡＩ允許並監視的少數室內空間，一個個體才能發出自己的聲音。

所有一切，她都逐漸習慣。

習慣一踏出家門，寂靜像海淹沒而來。習慣在沉默中步行，像所有路上零星的人影一樣，獨自走路，在抵達目的地之前，從不停留。走在一棟又一棟鋁銀色高樓底下，深灰色的陰影吞噬所有行人，所有造物的影子。偶爾行經樓棟間，從隙縫看過去，能看見正在融解的太陽。太陽的光照穿不透那樣緊密的隙縫，覆蓋城市的消音頻譜彷彿也遮蔽了太陽的溫度。光照和溫度都稀薄的太陽，看起來像光年之外的他物，像隔著太空望遠鏡觀看其他的星球。再怎麼逼真，都與此地無關。

就如同她每一日包裝的經驗產品一樣。再多再豐盛的經驗，都與她無關。

一踏進公司大門，便有和那一次面試一樣領路的黑色立方體機器人，帶領她走過和公司外觀的長度不對等的甬道。在這條銀灰色的無盡長廊中，她從來不曾看見其他人，也不曾經過任何一處看起來是工作間的地方。長廊的四周都沒有接縫，像是永遠走不出去的隧道。在她稍前一些的黑立方體，會在她無法預期的時候停下，並在她跟著止步之後，讓那看起來毫無門縫的牆壁，忽然裂出一道細縫，敞開裡頭的空間。她踏進去眼前那個工作間，身後那道看不見的門便自動關閉，回過頭去已經找不到任何可能開啟的隙縫或按鈕。

她已經學會對這一切毫無疑惑。

對工作間和她的工作內容亦是。工作間是純白色的空間。從所有壁面，到一切物件，都是白色。每一次從銀灰色的通道進到這一片白茫的密室，她都會想起那間懸掛無盡人體的白色世界。這裡是那裡的等比微縮。這裡是那裡的下

時期的兔子裝，而是稍微剪裁實體的自己。實體的她是及肩黑髮，虛擬的她則是黃褐色短髮；實體的她努力靠長過下頷的頭髮遮掩臉型和皮膚的瑕疵，虛擬的她則大方袒露瘦小的臉蛋。實體的她總墜著一層無法消瘦的肚腹，虛擬的她則用虛擬貨幣購買能露出肚臍的虛擬短版上衣。

也說不上是理想的模樣，但虛擬的自己往往是無法成為的樣子。因此整個虛擬社交空間，就像個無邊際的化裝舞會。以虛擬掩藏現實，是這個時代的禮儀。

在現實中的夜晚，她如常切換到虛擬的白日沙灘。虛擬的陽光將她的肌膚照耀成金白色，但她的皮膚沒有任何相應的灼燙感；虛擬的海潮聲漲滿她的雙耳，像是要把現實中的寂靜沖刷殆盡，但她眼看海水淹上雙腳，卻一點也沒有同等的溼冷感。自從不再購買海的經驗，她一日一日來到虛擬世界，也逐漸習慣了沒有體感的海。

也習慣了，不長不短的等待後，K會從海岸線的另一端走來，在沙灘留下虛擬的腳印。

K是她投注在虛擬社交之後，才認識的人。K比她高一些，年紀比她大一些，頭髮比她長一些，總是在被海風捲亂時，被他順手在後腦勺扎成蜷曲的馬尾。不過，她很明白，這些都是虛構。現實中的K，可能性別、年齡、樣貌都和眼前的K相去甚遠。就如同K也清楚，他眼前的這位女性，全部都是扮演。不過她不介意，K也是。或許是因為，在虛擬世界裡，終究什麼也不會發生。

什麼也發生不了。她看到K的馬尾掉下一綹，伸手要幫他梳到耳後時，她的手穿透K的側臉。什麼都摸不到。

K發現了，自己重新綁好。有時K也會這樣，聊天聊著，順手要用指背輕撫她的臉龐，卻會看著自己的手，攪亂她的五官。他們什麼也不會發生，什麼也不能發生。

只有對話。而對話總有終結的時候。他們聊過工作，聊過彼此相似而乏味的生活，聊過其他的虛擬空間，直到話語落盡處，沒有其他萌生，K會枉然地嘆口氣：「我們活著，卻像極了幽靈。」

而已經習慣一切的她，會回答：「也只能如此。」也不是安慰，也不是附和。她不確定自己這樣下意識的回答，算是什麼。

她穿著和沙灘不相稱的緞藍色洋裝，看著海水漫淹到裙襬，卻沒有沾溼任何。她曉得等會起身，她的身體也不會沾染一粒沙塵。

倒是K先站起身。她盯著K的小腿肌肉稜線裡，隱約透出後頭的海與沙，或是遠邊其他遊客的活動。何止是觸覺會穿透呢，在這個只有合成像素的世界裡，身體只是一片單薄的投影。

K回過身，向她伸來意圖拉她起身的手。她疑惑看著K。他明知這個動作毫無意義。

K告訴她：「我要加入人機配種計畫。」

這不是第一次她聽說這件事，但是是第一次聽見K如此篤定地確認這件事。

K收回手，等她自己站起來。「只有加入配種，才能順理成章握住一個人的手。」K看著遠方，她不清楚這句話是對她說，還是K在說服自己。

她倒是很能理解K需要說服自己的心情。因為沒有人真正知道配種之後的世界是如何。沒有人真正知道配種是如何一回事。沒有人知道為什麼所有配種的人，都不再回到虛擬世界。所有關於配種的資訊，都來自中央ＡＩ的廣告和宣傳。

那時，一架突兀的飛機從他們的上空掠過，發出刺耳的，壓過海浪聲的噪音。他們被迫仰望。飛機行過之處，天空的雲朵排列成文字：「加入人機配種計畫，邁向安全潔淨的觸碰世界」。顯然是Ｋ的話語被演算法偵測到，引來這則投放廣告。

等到那掩蓋所有聲音的飛機噪音結束，他們回過頭來，彼此相望。他們都明白，Ｋ的決定意味著什麼。「那麼我將再也見不到你。」她凝視Ｋ，從他的雙眼，到雙鬢綿延至下巴的鬍子，往下，是他剛硬的肩線，以及短袖 T-shirt 貼出的精瘦身形。

Ｋ點點頭。「他們不是這樣說嗎，人機配種是為了渴望觸碰的人類而發明。」Ｋ一面說，一面伸手將她垂落的瀏海往旁邊撥。她看著Ｋ的手穿過自己的額頭。「我想，和生化人的實體觸碰，總好過和人類的毫無接觸。而且，生化人沒有任何傳染疑慮。」

她都曉得。這些早已是習慣這個世界的一環：所有來自官方的宣傳。她悻悻撥掉K的手，儘管根本是毫無作用的手勢，他們只是看著一隻手穿透另一隻手。她不明白自己這麼做，是因為K要離開，或是那個她無法告訴他的實情——她已經和公司簽了保密協定，不可告訴任何人關於那滿室垂掛的生化人，就是未來人類將要配種的對象。保密條約銘刻在她腦內被植入的晶片裡，縱使她不慎脫口而出，也只會因為晶片發出干擾的磁波，而化成一連串無意義的呢喃。

這麼多日子以來，她早已習慣K在那裡。在她鎮日無語的一日之後，一起坐在虛擬沙灘搭著不緊不疏的話。她沒有想過K要離開，而且來得這樣突然。她甚至有點懊惱自己將K對於沒有觸碰的嘆息看得太過輕易。她以為K和她一樣淡然，一樣放棄了追尋任何可能。直到這一刻，她才明白K淡薄光影的肉身底下，她沒能觸碰到的心思。卻也已經遲了。

她想著那些垂吊的，面龐空洞的生化人，其中一具將能觸碰到實體的K，且能感受到K用手指背面撫觸自己的臉頰。她甚至詫異自己想著這些。她沒料到和K習以為常的相互陪伴，已經日復一日積累成這樣深邃的存在。

她知道自己阻止不了任何。只能眼看一切發生。如同遠觀那場佔領中央大道的行動，如同行經那個聚集人群的小型集會現場，如同再也沒能遇見的灰髮少年和灰兔。

她走向K，將頭靠上他的鎖骨，雙手環過他的腰。她小心翼翼拿捏距離，讓自己不至於穿透K的身體，於是看起來像是真的抱住了他。K也是。他們對彼此悄聲道別。而當她隨著道別的話語，順勢將雙手環得更緊，K便像迷霧一般消散。

整個海灘都消失。她被切換回現實世界的房間。眼前是機械管家，拿著原本在她頭上的虛擬實境裝置。機械管家嚴格控管她使用裝置的時間。

她像從一場夢醒來，只剩下自己環抱自己。在機械管家面前，蹲了下來。她沒有料到，在虛擬世界和K的離別，會讓她在現實世界中站不穩自己。

這一切令她措手不及，因而沒能發現母親就站在她身後，看盡了這一切。

和K道別後，她逐漸減少使用虛擬實境。至少不會再登入社交空間。她沒有預期過自己會如此，只為了不再經歷類似與K的分別，便放棄了任何相識的可能。她只偶爾走進虛擬電影院，揀選最後一排四下無人的座位，沉默看完，而後在散場之前自己摘掉虛擬裝置。連和虛擬觀眾寒暄的機會也沒有。

她總是挑那些古老時代的片。那時候的人們，吃飯的桌子很短，腳稍微伸長，就會碰到對坐的人。他們在沙發上挨著肩頭並坐，偶爾不經意地拍拍彼此的背與手，出門之前會短暫擁抱。他們拿著跟她現在樣子差不太多，但功能簡陋許多的長方體手機，在大眾運輸上各自對著螢幕發愣。大眾運輸窄小而密閉，於是無數個陌生人，肩摩擦肩，身體擠壓身體。他們在親密關係裡的行為模式大同小異——無論切換到什麼電影，她都能夠預期——那就是一套觸碰面積從手擴展到全身的進程。

現在的她，已經不會再在電影之後的夜晚，用溫熱的手貼著清涼的臂膀，揣測另一個人的手，或者另一個人在公共空間的推擠。似乎在她放棄社交空間時，她也一併放棄了這樣無謂的忖度。

然而在其他空間，例如一個巷戰遊戲的世界裡，和隊友埋伏，兩人趴在廢墟裡的角落時，她仍然會拿這些已經過期的好奇當話頭。她以為對方也會說起如何放棄這種好奇，但卻得到截然相反的回答：「你還在看那種古老的東西。」

隔著頭盔，她看不見對方的神情。聲音也被抹去了任何起伏。「我從沒好奇過那些，」她聽見對方在頭盔裡的喘息，「我們就是不該觸碰。以前的人不懂，所以做了那些危險的行為，還形成長久的文化。那是他們的事。

「那就像是，以前的人，看到他們之前的人做的事，根本不符合他們當下的時空，他們也不會好奇更以前的人是什麼感覺。你覺得，你在古老電影看到的那些人，他們會好奇更久以前的文化，比如說，他們會想知道帝國體制是什麼感覺？或者想知道沒有電，沒有網路，沒有汽車的生活是什麼感覺？」

她一時語塞，猶疑地說：「我不確定觸碰能不能和這些相提並論。」

對方一面側身注意外頭，一面回答：「當然可以。你在說的是文化。人類每個階段的文化發展都不同。就只是這樣而已。也許過了幾個世代，人們可以找到能安全觸碰的生活方式，那時候的人們回過頭看現在的我們，也就像你現在看的那些電影一樣了。」

她還想說什麼，對方已經跳起身，衝到外頭，射擊那些迎面而來的殭屍。而她也回過神發現自己身後也有許多逼近。她沒有緊張，沒有害怕，像是操控另一個人一樣切換裝備，朝那些跛行的殘破肉身丟擲一顆手榴彈。在煙霧和轟然巨響中，她只是訥然地想，原來有人這樣不疑有他地活著。那樣理所當然的態勢，讓她更被說服自己的好奇和疑惑，才是多餘。

除了那些少數的遊戲和電影時光，大部分沒有虛擬實境和經驗產品的日子，就此靜了下來。像一塊棄物沉入海底。在固定的時間醒來，走固定的路抵達公司，在固定的工作間做著固定的事。而後又回到家，在固定的時候睡去。

日復一日，有時候她已經無法確定，是她自己在重複操作這些行為，還是日子操縱她一如擺弄一個吊線玩偶。沒有心思，沒有神情，任憑時間像一條條看不見的絲線，牽動她張開眼皮，坐起身體，進食，行走，包裝經驗產品，行走，躺下，闔上眼皮。

日子沒有盡頭，如同她每一天行走於公司內部的無盡長廊。

卻是在這一天，她又一次在機械助理的帶領下走過漫長走廊，離開公司，在返回住家的途中，忽然停下了腳步。

她看見自己，在中央大道上方的半空中，和一個人類形體擁抱。懸空投影的那個她，讓一具人形一手環繞自己的腰，兩人並肩走著。他們找到一處草地，那具人形讓她枕在它的手臂。她看見自己微笑，笑著入眠。沒有人能這樣看著自己的睡樣，但她更詫異的是那個笑容的弧度。嘴角的弧度，臉部肌肉的屈伸，擠壓的眼尾。她不記得自己這樣笑過。那種笑容的體感，似乎和觸碰一樣陌生。

她看著自己慢慢消散在空中。在空無一物之處，浮起文字：「人機配種計畫，您一生最佳的選擇。和配種生化人結為伴侶，您就能擁有衛生的觸碰，以及永恆的陪伴。新時代的觸碰，新時代的關係——立即預約諮詢，人機配種計畫。」

在文字消失，同樣的影像再度浮現之前，她環看四周每一個路人，都和她一樣，停下腳步，愣望著半空中的白茫幻境。從他們失神的樣子，她猜想他們大概也看見和她類似的畫面。接著她發現，每一個佇足凝望虛空的人，都站在那些白色方塊狀的機械刑警旁——她立刻想起多年前在集會現場被機械刑警攝錄並通報母親的那天。此刻，她的腳邊也有一臺機械刑警安靜蹲伏。

或許是代入式廣告，她想。機械刑警的攝錄機掃描行經的人，將人的影像置入廣告中。每個人都會在影像中，看見自己被放入幻想的情境，在那裡，每個人看起來都和她一樣，有一個美好的生化人伴侶，有看起來溫馨而安心的擁抱，有一張連自己都沒體驗過的笑臉。

隨著她重新開始緩慢移動回家的步伐，她會輪流在不同臺機械警察的上空，看見自己重複一樣的行為：和生化人伴侶擁抱，同行，入眠；擁抱，同行，入眠。儘管知道這是廣告，她仍然和每一個路人一樣，愣看著那虛空的幻影而出神。她沒有想過那些古老電影裡的情境有可能發生在自己身上，也沒有想過自己會看起來如此滿足。

回到家，離開了機械刑警的掃描範圍，從家裡的窗戶回望那條站滿白色機械刑警的中央大道，已經看不到方才佔據她心思的廣告內容。薄霧一般的白色光芒彌漫整條大道，而所有人都在那光芒中，失神地仰望。眾人視線的交集處，那裡，什麼都沒有。

「我已經替你預約配種諮詢。」母親的聲音從客廳的另一端傳來，驚醒她，使她回身。

母親站在從窗戶透進的白茫光線照不到的暗影中。但她仍然能看見母親那深陷的眼窩，比暗影更暗。

「事實上，是我先去申請了配種。」母親嘆一口長長的氣，「但是不到半小時，就被全自動行政系統回絕。」

母親不等待她的疑問，逕自說著：「它們說，我已經超過法定配種年齡太多。和生化人配種，必須相應地汰換掉我們的人類身體——它們稱為『卸載』。

超出法定年齡太多，『卸載』只會威脅性命。

「於是我問，那麼我女兒呢？它們說，你女兒正在最適合的年齡。於是我就代替你提出申請——申請配種諮詢，諮詢過後，你可以自己決定是否加入配種計畫。」

「母親期待我和生化人結為伴侶嗎？」她終於找到空檔提出疑問。

「當然。」

母親的臉探出暗影，在馬路滲透進來的稀微光照中，她看見母親的臉被歲月揉成一顆廢棄的紙球。

「這是正確的選擇。是這個世界正確的安排。你將不必經驗失去。不必再在虛擬實境裡擁抱不存在的人。」

她曉得母親說的是K。她黯然無語。

「我看你那樣擁抱一個不在的人，簡直像是年輕的我，永遠被提醒你父親不在的記憶。你沒有人際觸碰的記憶，是零觸碰世界給你的恩賜。」

母親說，像他們這些生於零觸碰宣告之前的人，將是最後一群將人際碰

朽的自己和伴侶，意味著你將永遠不會失去他人，或者失去自己。你不會有病痛的苦，不會有瀕臨死亡的恐懼，不會有與人分別的撕扯。你將無傷無痛。」

「母親害怕嗎？害怕死亡。」

「我不確定。如今的死亡技術已經能讓人在最適宜的時間以睡眠離去。根據死者的腦電磁波掃描，死者被斷定沒有痛苦。因此也許不須害怕。然而，我偶爾會想，當被通知某一次睡眠將會是此生的最後，我不確定該如何走向那一次睡眠。」

「到時我會陪伴您，母親。」

隨後，就不再有言語。隔著暗影，她聽見母親稀弱的腳步聲，以及房門老舊轉軸那一聲長長的咿呀，像母親另一聲沒有散出的嘆息。

後來，又過了幾個一模一樣的日子，她不清楚。她仍然走固定的步伐到公司，在固定的時間做完一日的工作，並且在行經固定站在那裡的機械刑警時，固定抬頭仰望那些代入廣告。

直到那一天，手機的光亮代替太陽喚醒她。

「人機配種計畫：諮詢通知。已為您調配特殊請假。」

她按照訊息裡的資訊，來到醫院裡，一間所有牆面都爬滿數字的房間。數字雨滴似地不斷往下墜落，綿密無盡。彷彿所有牆面，都在搬演一場永不止息的運算。

「這是關於您的所有資訊。」一聲音從她面前，背對她的椅背傳來。一道超出椅背高度的細瘦背影，朝她轉過來。

「您好，我是 i。虛數 i 的 i。我是您的配種諮詢醫生，也會是未來負責您的配種過程的主要負責醫生。」醫生的身軀一如他的名字，是一顆窄小的頭顱，掛在高瘦的身軀之上。他的身體太長，長得遮住了天花板的光源，使得他看起來像是一條長長的影子。

「可能您已經從親朋好友聽說過，但還是跟您說明『人機配種計畫』。簡單而言，這是零觸碰世界的進階版本：以絕對安全的觸碰，取代當今的禁絕觸碰。實行的方式，就是以『一人一機』的配對，解決人人結合造成的兩大問題：不衛生和不確定。

「不衛生在於，親密就是傳染。生長於零觸碰世界的您，應該十分理解。但是人機的親密就能免除這個問題。生化人對人類的細菌和病毒免疫，當然也不會染上人的憂鬱和悲傷。如此，人和生化人的結合，才能杜絕任何有害物質的交互感染，才能杜絕不衛生的『人人』關係——」

虛數 *i* 醫生忽然站起身，撫摸牆上的某一段數據，似乎發現了什麼。

「看來您曾經差點進入人人關係。」

她疑惑看著醫生面對牆面的側臉。

「從您的數據看來，您曾經和一位自由擁抱組織的成員近距離接觸。」

她向醫生解釋自己和灰髮少年相遇的經過，並且之後再也沒有見過。

「那很好。也慶幸您目前身心都算健康。這是這段數據顯示的。」醫生走到牆角，用同樣修長的手指圈畫某一區塊的數據。

她其實無法辨識任何。在她看來，牆上的任何一處如雨滴滑落窗玻璃的數字，都是無法對她構成意義的亂碼。

「另一個問題，就是人人關係的不確定性。人和人之間無法彼此測度，但人和機器之間可以。人猜不透彼此的心思，但機器透過演算法和大數據，可以精準預估人的需求。例如，這些牆面上的資訊來自您腦內的晶片所記錄的身體機能、神經元之間的訊號、作息習慣；也來自您在網路上的所有購買紀錄、瀏覽紀錄、搜尋模式；當然也包括所有您在虛擬世界留下的足跡；另外，您在現實世界的就醫就職紀錄，也寫在這些數字裡。也就是說，只要有一臺能夠解讀這些牆面上所有數據的機器，在您身邊隨侍在側，就能比所有認識您的人都更了解您——這也將是您未來的配種生化人伴侶要做的事。反過來說，人也可以精準判斷機器，就像您一直能流利操作手機和虛擬實境裝置。人和機器的結合，遠比人和人的結合，更能達到人類企求的『心靈相通』。」

她感覺，隨著每一次話語的遞進，醫生瘦長的軀體也慢慢延長，像被落日拉長的影子，藤蔓一般地從地板爬上牆面。她還沒想好問題，但醫生似乎已經預先提供回答。

「具體的實行辦法是，為了和生化人配種，人類必須汰換身軀。人類的肉身有太多限制，例如可見光的波長，可聽見的頻率，以及可感知的觸碰訊號，都限縮在相對狹小的波段中。如果沒有置換成新的身體——或者說，將舊的人類肉身卸載——那麼生化人的觸碰，感覺起來將和無靈魂的物件沒有太多差異。但只要更換身體，您會感到生化人的每一次的撫觸，都溫暖、服貼、舒適而安詳。」

她想起自己在那些代入式廣告裡的模樣——那樣滿足的微笑——或許就是由醫生形容的那種觸碰填補而成的。

醫生伸出和身體同樣細長的手指，勾來一個人體神經系統的模型，上頭是一顆大腦，底下連接著蜈蚣般的神經系統。那細小的神經網絡，盤根錯節，在沒有人體的情況下，只是一團未經整理的毛線。

「到時的全身卸載手術，就是將您的神經系統從身體抽離出來，置入另一具人工身體中。很可惜的是，如今的生化醫療技術，還未能將人類的大腦及神經系統義體化，因而必須採取如此的手術。」

醫生的另一隻手，鉗住一具透明的人體模型。他將人體模型的頭蓋骨打開，再把神經系統垂入。那些細小的神經線路，立刻像活物一樣，自行蔓延至人體的所有部位。

「植入新身體後，您的神經系統會在配種生化人的協助下逐步歸位。您會需要一段適應期，學會操縱新的身體，但那不會太長，頂多二到三週。截至目前為止，已經有二十%的人加入配種計畫，手術成功率是一百%，而術後的健康回報狀況，也顯示人機配種計畫讓他們的身心狀況正向成長。」

但是，那些人去了哪裡呢。她想到K。她沒有問出口，她不知該不該問出口。她想起在經驗公司面試時詢問的問題如何將她引導至一片彷若懸掛屍體的世界。她想起對於一切未被允許的事物的好奇，只會導致更多的禁閉。如果說在零觸碰世界漫長的養成中，她學會了什麼，那或許便是，等待被告知。

等待下一次醫生拋擲出的訊息中，自行在其中尋找解答。

「看來您的數據一切正常。」醫生在環視、檢查牆面上的所有數據，並在他手上的電子平面一一勾選確認後，「另外要告知您，配種後的身體，會被移置到另一個世界。我們姑且叫做『新世界』。

「那裡，才有所有一切以配種人類與生化人而建造的基礎設施。這部分，到了您配種後，您的生化人伴侶會在您一面適應新身體和新世界時，一面為您解說——每一具生化人都配備完整且不斷更新的『新世界說明系統』。所有您想得到的問題，生化人都能為您解答。」

所以，這正是為什麼K不再回到虛擬世界的原因，她猜測。因為K已經抵達新世界。或許在那裡沒有進入虛擬世界的必要——如果每一個人都能擁有一位真實擁抱的伴侶。

「很遺憾您必須和您母親分離。」醫生面向她，躬身湊近。「不過，我相信新世界的美好生活，能夠讓您很快明白，這些分離的陣痛——和舊世界、舊身體、舊的親屬關係分離——是值得的。人和人再怎麼靠近也無法洞悉彼此的心靈，但人機配種計畫，將使人和機器共用一份原始數據，也就是所有關於您的數據。

「這樣的配種能確保人和機器互為最佳配對。機器是人的衍生物，而人也是機器的附屬品。而那份共用的數據，如果用古老一點的話來形容，你們也許會稱為靈魂。」

「你們？」終於，在醫生漫長的演說後，她第一次提出了疑問。

「啊，」虛數 *i* 醫生將他細小的頭顱垂向她，而身子仍然像斜長的枝枒抽向天花板又沿著壁面延伸。「剛剛自我介紹時忘了告訴您，我是專門生產來做配種健康諮詢的生化人。您看，就像我剛剛做的數據解析，以及完整不漏地說明配種內容，您未來的伴侶就能做到這些。」

醫生將手裡的透明電子面板遞給她。她接過面板後，虛數 *i* 醫生將他細長的手指扣上她的肩膀。她以為那樣無預警的觸碰，會像灰髮少年和她指尖的擦觸一般，令她無法克制地縮起身。

沒有。她詫異於自己的身體如何溫順地讓醫生的掌溫從肩膀綿延滲透，像鋪上一條暖熱的電毯。

「除了能夠做到我剛才做到的一切，配種生化人還能讓您感受到類似這樣的溫暖。說是『類似』，是因為，對於人類的身體來說，您目前應該只有感受到溫度上的差異。但是，在溫度之外，還有許多觸碰訊號，人類身體沒有辦法捕捉，就像是人的眼睛和耳朵遺漏了太多其他生物能捕捉的訊號。當您換上新的身體，就會有除了溫度之外，更多層次的感受。」

在突如其來的溫度中，她有些失神。她愣望著醫生逐漸拉長的嘴角，以及逐漸瞇細的眼尾。醫生微笑告訴她，「我已經在面板上確認您的身心數據正常，可以執行卸載手術。您只要在下方按壓掌印，就是同意配種。」

她不確定自己有沒有選擇。也許她可以放下面板，轉身離開。但在那喑啞的，填滿所有屬於她的數據的暗房裡，在虛數 *i* 醫生的掌心和凝視下，在醫生冗長的言語後，她恍惚而困惑。

她不確定自己是否能夠拒絕所有被宣布、被告知的一切。母親貫徹世界的零觸碰意志，決定了她的生長，以及禁閉。灰髮少年走近她，決定了她有記憶以來第一次無預警的人體觸碰。黑色的鏡頭，決定了她的工作，以及每一天要走的漫長廊道。然後是K。K決定了她的分別。

她不確定自己是否真的想要配種。但那個按壓掌印的圓圈，漩渦似地將她捲入走進這間諮詢室以前，這個肉身所載負的所有記憶。其中最鮮明的，仍然是母親。母親那個無法卸載肉身，無法忘卻記憶的模樣。她知道如果此刻不壓下掌紋，就此離開診間，那麼她仍然要回到那個蒼白無聲的城市，獨自一人走回家。她知道那時她得向母親解釋自己的選擇，而那和母親的期望背道而馳。她知道隔天，她又得再回到經驗製造公司那個無盡長廊和空白工作間，繼續讓自己真空般地執行業務。她知道繼續此時此地的人生，她將不會再遇見任何人。實體世界早已不再有人，虛擬世界也隨著配種計畫盛行而逐漸空蕩。

她不確定。她不確定。但她已經在這個荒涼空曠的世界，耗盡氣力。選擇從來都不是自己的。她想。她訥然看著虛數 i 醫生那個已經裂到耳際的笑靨，自己也不知不覺，感覺到嘴角微微勾起的體感。她不曾感覺自己如此。

會不會，在代入式廣告裡看到的那個自己，那種笑容，其實是如今這樣的心情。這樣笑著卻不過是出於被惶惑與茫然淹沒。

她不確定。

她不確定。但她按下了掌印。

⑪

後來，她被安排躺入一個深黑如棺木的長方體裡。

長方形的視野中，她看見母親凹陷的眼窩終於透露一些欣慰的神色。母親搖顫的身體倚靠在機械管家身上，像脆弱的莖葉倚靠支架。機械管家鐵灰色且毫不像人的面孔，並沒有垂望向仰躺在棺木裡的她。

倒是虛數 *i* 醫生的頭顱從她的正上方浮現：「好好睡一覺，醒來，你就會是全新的人。在全新的世界、全新的住所裡醒來。」

似乎還沒來得及看到棺木蓋上，她就已經掉落到意識之外。

再一次回到意識中時，便是她發現自己醒在一具不熟悉的身體裡。而後她等到配種生化人為她打開黑盒子，將她抱進新居的床裡，觸碰她的末梢，開始每一天的配對，讓她終於經歷了多年來第一次的實體觸碰。

關於前一具身體的記憶，大多與身體一起被卸除。倒是新身體的記憶，她始終記得配種生化人第一次撫上她的手時，那幾乎令她哭泣的衝動。她不知道那是什麼。除了溫度之外，還有許多許多，她至今仍無法明言。或許如虛數 i 醫生所說，生化人能夠給予的，不只是觸碰的溫熱，還有更多難以被形塑成語言的訊息。

她唯一明白的是，在一個觸碰終於被允許的世界和身體裡，她不必再費力閃躲每一次可能的擦觸，不必再仔細估量和他人的距離。在新世界，和配種生化人進行例行外出時，他們總會照面其他配種伴侶，總會在超市的走道兩兩錯身，或是在排隊進入餐廳時偶然踏上他人的腳。然而那都不再讓她緊繃焦慮，而是安然地讓一切發生。

也許不盡然是因為新的身體不受情緒微粒和病菌沾染。而是因為毫無知覺。每一次和其他配種人類握手招呼，她都驚覺那些手抓起來像是了無生機的握桿。那樣麻木的觸覺，幾乎讓她忘記自己還能有所感覺。

「為什麼被你觸碰，和被其他人類觸碰，感覺差這麼多呢？」有一次，在每天早晨的例行配對中，她問她的生化人。

「對配種人類的身體而言，只有和自己配對的生化人的觸碰，才是有意義的。其他的人類，其他的生化人，無論觸碰得再多，靠得再緊密，都不會有任何感覺。」生化人解釋。

「我只能感知你。」她喃喃自語。

「這是配種的專一性。這能避免很多可能衍生的問題。只有當伴侶以外的人的觸碰都對你喪失意義，我們才能成為永遠彼此相繫的兩人。如果有一個配種生化人也能讓你感覺到觸摸，也許你會開始比較我和它的差異。如果你能感覺到另一個配種人類的觸碰，那麼這會變相鼓勵人人關係。」

隨著更多的話語，生化人與她配對的面積也逐漸擴大。一開始是末梢，後來生化人沿著她的手往上揉捏，最後到達她的肩膀，她的身軀。生化人會因為越來越靠近她而攀上床緣，而她則在每一日的配對中逐漸習慣，兩人以深長的擁抱結束。也許不盡然是擁抱，而是兩具沒有性徵的平滑身體，毫無隙縫地彼此貼合。那樣緊密的貼合，那樣綿密的知覺，常常讓她想著，她和生化人並不各自擁有身體——他們從來都是一個身體。

每一天，他們配對，外出，行走，採購，用餐，回到家屋之後，又以配對結束。在這反覆的操作中，她看著生化人胸膛上的數字穩定上升。她以為日子就會這樣，在無盡的反覆中堆疊同樣的動作。說不上厭煩，但也沒有太多期待，有時她也不確定自己是否後悔過選擇了配種。她感覺換了一副身體，換到另一個世界生活，不過是在另一個時空裡建立規律。而一旦規律成形，日子無論延伸到何處，都是自身的不斷複製。

一日盡處，她和生化人並行回到家屋，正以為夜間配對要開始時，臥房卻忽然降下透白色的光幕。光幕環繞床的上空，床簾似地罩著，但又能輕易穿透過去。她走進帷幕裡，才忽然發覺原本一直攙扶她腰際的生化人的手，已經在她沒注意的時候脫落下來。生化人站在靠近帷幕的邊緣，當她回過頭來望向它，才發現它澈藍的眼睛似乎黯淡成灰藍。

「恭喜您，」生化人的聲音和平常不同。那聲音讓她想起，在舊世界，從黑色鏡頭裡透出來的平直聲線。「您和您的生化人，已經超過二十％的同步率。」

生化人的動作也突然變得僵硬，手指遲鈍地指向自己的胸膛。那裡，數字來到二十。數字隨著生化人僵硬的動作，也停滯下來。

「當同步率來到二十％，代表您已經熟練於操作新的身體，也大致適應了新世界生活。」暗藍色眼睛的生化人朝她走近，她沒來由地向後退。

「接下來，您和生化人必須更加強於『展現』——展現你們是一對完美、快樂、幸福的配種伴侶。這些當然也會計入下一階段的同步率計算中。未來，只是重複現階段的配對模式，同步率的提升會慢很多。而您也會逐漸發現，慢下來的同步率，對生活品質的影響非常深遠。」

當她退到床沿時，她無可免地看著那對眼睛離她越來越近，近到她能看見那深暗的藍色裡頭，彷彿有那個無所不在的黑色鏡頭深藏其中。

「具體的執行方式，等您的生化人更新完資訊，會再告訴您。恭喜您進入新階段的配種生活。」

平直的聲線一結束，生化人的眼眸就回到原本透澈如海的藍色。她還沒從方才的一切回神，生化人就已經執起她的手，以臉頰、鼻、口，輕微地摩擦。接著，生化人的鼻尖，沿著她的手腕，走進手臂，走向腋窩，將她翻過身，順著她背後的肋骨，最後棲息在她胸椎的骨節裡。她感覺有些搔癢，像一隻小巧的動物，好奇地爬上她背脊的鋼索。

因為背過身，她的視線才被光幕上的畫面牽住。光幕上有兩個人影，一個人影背對著另一個，其中一個正和生化人同步，以鼻尖沿著她的脊柱緩緩下移。正確來說，光幕上的人影動作，比生化人稍前一些。當那人影的鼻尖已經走到另一人影的脊椎終點，生化人還在她的下腰部。

在背後的人影接著起身，從後方環抱前面的人影。大約過了幾秒鐘，生化人從背後環抱她。她感覺自己被一塊活物般的毛毯包覆。毛毯的每一絲細小的絨毛，都像小動物的舌尖，輕柔而溫軟地舔舐她。

「這是新的配對指示。」生化人看著她仰望光幕的側臉。「按照我剛剛被更新的資料，從今以後的配對，最好按照指示執行。而指示的設定方向，就是讓配種伴侶之間，身體的每一吋皮膚，都能和另一個身體的每一吋皮膚交互搭配，為的是讓每一面積皮膚上的觸覺受器，輸入最大量、最多差異性的資料。所以，剛剛是讓我的臉部皮膚，接觸你的手和背部，同時也是你的手和背部，記得被我的臉觸碰的感覺。

「每一次的指示都會是不同部位組合的配對。最終，我的身體會全面記得你，你的也是。」

她點點頭。儘管換到了新的身體，她仍然是那個在面對官方告知時，訥然接受一切的自己。

「只要按照指示做就好。」人影一開始動作，生化人便跟上。她被引導到躺姿。

「系統從不出錯。」生化人的臉龐埋進她空無一物的下部。而她不再能分辨是它的話語或是它鼻尖的觸碰，讓她的脊椎通電似地弓起。這個姿勢讓她看不見生化人的胸膛，但她知道，方才生化人更新時暫停上升的小數，必然在此時，又開始攀爬，如同短暫冬眠的蟲，再度甦醒而伸張搓觸那些細小的足。

隔日的例行外出，才一踏出住處門口，她立刻察覺一切都不同以往。

那些蔓生於街道、樓面、柱子、空中，所有一切觸眼所及的絢彩色塊，不再如同她初來新世界時，那樣流動幻化了。更精確來說，那些斑爛色彩，各自凝聚成具體的成像。例如住處對面的尖塔大廈，原本裹覆在外的華美金光，在她和生化人靠近時，流沙似地匯聚成人形。那是一對正在相偕行走的人，其中一人攙扶著另一人的腰，如同生化人對她做的。

「世界改變了嗎？」她一面張望一面喃喃自語。

「改變的是我們。」生化人說。「如今這些顏色組成的資訊，是設定給超過二十％同步率的配種伴侶接收的。」

不久後，那對人形改變了動作。原本攙扶另一人腰際的手，拉抬到對方肩膀的位置，並將雙方拉得更加靠近。那個手勢不只將兩人靠近，也讓被攬著肩膀的那人，頭靠上另一副肩膀。於是，兩個金色的人影之間，毫無間隙，幾乎融成一片兩人三腳的形體。那個形體，既不是任何一個單獨的人，也不是像機械拆解合體一般組成另一個整體。那個形體，讓她想起某些古老的神話，那時人還沒被拆分成各自擁有四肢的個體，而是一團肉體，同時擁有更多末肢。

她明白的。不須等待生化人說明任何。甚至不必等到生化人將它的手移到她的肩膀，將她攬過，她就已經自己靠向生化人，將頭棲進它肩膀與鎖骨間的凹槽。他們貼合成和金色人影一樣的型態。動作的角度、樣貌、步伐的速度，都和金色人影一致。當他們達成如此的動作，那高塔的牆面上方，顯現出他們的同步率數字，二十％之後的小數點，急速攀升。

他們為了維持如此的姿態行走，步伐搖擺而充滿不一致的停頓。儘管如此，在她因為靠著生化人肩膀而傾斜的視野中，她看見許多經過他們的配種伴侶，紛紛投以欣慰的微笑。「真是幸福美好的配種伴侶。」有些同步率還沒抵達需要按照指示執行的配種伴侶，會這麼稱讚他們。而有些和他們一樣，為了符合系統設定的姿態而走得搖盪的配種伴侶，則會在幾乎和他們擦撞的時候，展露更加開懷的笑容。

「據說，在這些『幸福姿態』維持得越久的人，會有更高的機率，得到額外的儀式。」當他們來到一面巨幅櫥窗前，站在他們隔壁的配種伴侶，其中的人類對她說。

「儀式能夠加速同步率嗎？」她問。

「不。」對方說。「儀式是和同步率無關的加冕。」對方回答。

她還不甚明白，卻見到櫥窗鏡面浮現另一個姿態。一個人從背後懷抱另一人，在後方的將下巴靠在前方的右肩膀。她和生化人，以及方才和她對話的另一對伴侶，立刻變換了各自的型態。

在他們面前，櫥窗內部，是一面鑲嵌著各式身體部位的牆面。眼珠、耳朵、鼻子、舌頭、嘴唇，各有二、三十個，顏色形狀各異，以相等間距固定在牆上。另有幾片皮膚，掛布似地垂降於櫥窗兩側。

所有部位的下方，都標示能夠購買這些部位的最低同步率門檻。「提升同步率，更換最新型的部位，體驗最完善的世界。」牆面空白處，宣傳文字反覆閃爍。

「等我們的同步率再高一些，」她聽到隔壁那對伴侶，方才和她說話的配種人類，正和配種生化人說，「我要買那對藍綠色的，配備奈米像素感測器的眼睛。我想更細緻地觀看你的皮膚，確認那上頭找不到一絲最微小的瑕疵。」

他們交談的聲音遠去。而在她右邊，如一隻小鳥棲息在她肩上的，生化人的頭顱，傳來它如常柔軟的聲音。「你呢，你想要什麼？」

她仰望每一隻凝視她的眼球。「我不曉得。」她詞語滯澀。「看著這些，只讓我想到，這個世界無法被窮盡。每個不同型號的部位，會體驗到不一樣的世界。世界並非客觀實存的樣態，而有各自不同的樣貌，因特定型號的身體部位的功能而有所不同。」

「正是為了避免陷入相對主義的茫然，我們才需要系統。」在櫥窗鏡面的倒映中，她看著右肩上的頭顱回應她。

「系統是絕對的。同步率的數值也是。」頭顱繼續說。

維持著如此系統要求的姿勢的同時，他們的同步率持續生長。她不禁有種錯覺，覺得生化人貼著她後背的左胸膛，攀升的數字帶著沒有心臟的脈動，沉悶地擂動她。

「數值代表一切嗎？」她說。

「也許我們可以反過來思考這個問題：我們如何證明一對伴侶是美好的配對？」頭顱稍稍偏向她，反問。

「這件事情無法被客觀論證。無論是從前的社會，或是如今……」

「從前沒有辦法，因為從前的世界，人們沒有發明將關係量化的技術。」生化人的頭顱更加靠近她的右側臉，近乎貼近。「但是如今，我們的一舉一動，都藉由我，傳輸給中央ＡＩ，經過嚴密而無所不在的換算，得到我胸前的數字。

「在系統的運算中，我們是一對快樂幸福，而且是持續更快樂更幸福的配種伴侶。」生化人的臉貼上她的右側臉。在櫥窗的倒映中，他們看起來像是彼此的鏡映。是因為角度，或者因為光線，她發現倒映的自己較為清淺。那讓她感覺，生化人才是真正的實體，而她不過是輕易就能攪糊的倒影。

然而感受卻又如此真實。每一處和生化人貼附的身體，都傳來溫暖的海潮。她身上只為生化人開啟的觸覺受器，接收生化人身體釋放的訊號，凝聚為潮浪，向她的知覺和意識漫淹而來。那不光是觸覺，如同虛數 i 醫生曾經說的，生化人帶來的遠遠不止如此。那是癱瘓，也是激顫；是酥軟，也是痠疼；是冰寒，也是燠熱。

那是正在裂解的現實。相較於和它貼合的身體被訊號淹沒，她仍然記得她自己用刀片劃裂下部時，毫無痛覺的麻木，或者記得那些和其他配種人類禮貌握手時，像是抓到一個鈍重的鋼塊一樣毫無知覺。她感覺自己正裂成兩半，一半充滿知覺，另一半只是裝在身上卻不屬於她的肢體。

如同那些數字。如同那些陌生人的笑靨。數字指向她擁有的新人生：健康、潔淨、有伴侶的人生。而她無時不刻都在向系統證明，她又是一個成功的卸載案例。她的數字不斷提升，在所有陌生人面前和生化人形影不離，在系統面前將自己的身體曲扭成系統認證為幸福快樂的模樣。

在系統和他人的眼神中，她是一個快樂幸福的配種人類。

她是。儘管她不確定快樂幸福為何。

系統認定她是，她就是。

(12)

同步率超過五十％時，她已經習慣了。習慣將自己置入每一個系統設定的框架。

隨著同步率攀升，系統給予的指示越來越多，越來越繁複，有時都超出了她原先對於身體極限的想像。例如有一次配對，系統要求生化人頭肩貼地，曲折身體，讓腳跟越過頭頂；而她則順著生化人翻向她的臀腿後側，跪地後彎，讓自己的上背部和頭頂沿著生化人的臀腿貼齊。

除了配對之外也有其他時刻的互動要求。用餐時，桌面浮起白色線條勾勒的人像。他們按照人像的樣態，由生化人一次一次分割食物，遞送到她嘴裡。而她的雙手，則在全部用餐時間中都側過去環繞著生化人的腰。她被剝奪雙手，生化

「系統擁有你。」

最後幾個字像微風一般吹拂她的頸根。在那陣微風中，她恍惚想起遙遠的記憶。舊身體的記憶。她曾在舊世界的中央大道上，仰望那些投放式廣告，反覆播放她和配種生化人擁抱，同行，入眠。

那些煙幕一般輕吹即散的廣告內容，如今成為她每一日的現實。是幻象成了真實，又或是她的生活在終日重複的動作中蒸發成那些飄渺的畫面——在她明白以前，她已經墜入了睡眠的深淵。

她沒有注意到生化人的更新，因此隔日當他們例行外出，她有些意外生化人引導她進到一處辦公大樓。

「這是我們要就職的場所。」在挑高的大廳張望從玻璃帷幕垂入的光線時，生化人告訴她。「同步率超過五十％，開始就職。昨晚在數字抵達時，我的資料庫被更新，顯現了來到這裡的路徑，以及這棟大樓的所有樓面，讓我們能夠抵達被指定的辦公室。」

生化人引導她來到一樓的閘門。閘門下達指令：「請展演任何一個美好伴侶的姿勢。」

她的頭靠上生化人的肩膀，生化人將她摟近自己。

「通過。」鬧門說。「五點。建議下次拉伸笑肌與眼輪匝肌。展露微笑，會讓美好伴侶姿勢更有說服力。」

「那是工作積分加權數。」生化人解釋。「我們稍後的工作成果，乘上這個數字，就會是我們的社會薪資。在五十％配種率之前，人們使用的金錢來自舊世界的積蓄；五十％之後，可以開始在新世界工作，獲取新的薪資。」

她點點頭，訥然地說：「在前一個身體，前一份工作，我時常迷失於公司中封閉而漫長的過道。」她講起那些看似沒有終點的甬道，想起那個帶著她行走，發出細小機械聲的機器祕書，以及永遠找不到任何接縫、任何開口的鋁銀牆面。

「這裡不再有那些問題。」生化人持續摟著她的側身。「因為你不再是一個人。」

他們在光燦的大理石樓梯步行。在這個大理石白的大樓裡，所有人的身體

整個工作間的嘈雜忽然退得很遠，近乎靜音。她不確定那是不是同一個K。那個曾經在舊世界的虛擬世界中，和她一起坐在虛擬海邊的K，度過無數個碰觸不到彼此的黃昏。畢竟，在這個新身體中，一切她曾經在虛擬世界看過的K的身體，那些肌肉的稜線，皮膚的皺褶，以及經過歲月而稍微粗糙的皮膚，都不復存。在這具光滑的淡灰膚色，沒有身體特徵的肉身中，K和他的名字一樣，都是可以輕易被替換的符號。可以是任何人。就如同那些虛擬的日子裡，她面對的那具虛擬的K，也可以是任何人。原來再怎麼實際存在的身體，終究和虛擬一般，輕易地就勾消和身分的連結。

她回答了自己的名字。K沒有反應。不是同一個K，她想。儘管她曾在虛擬世界變換了自己的外型，但她沒有更動名字，所以如果是K，應該還會記得——但這麼想也不對，畢竟自己的名字如同K一樣，是個被許多人共用的符號。

「很高興認識你。」K以初次見面的口吻對她說。他伸過手，她握住。她不曾知道K的肉身如何，但如今這隻比她稍大的手，抓握起來，像是一支過於粗大的木頭。沒有感覺。

她看見K的鎖骨間，有一圈銀色的光環。K的配種生化人的同一位置也是。那是沒有鏈子的項鍊，沒有戴在手上的戒指。生化人K發現她的視線，告訴她：「我和我的人類，已經執行過儀式。」

她看著K的生化人伴侶，也得是稍稍仰望的角度。生化人K的肩膀平直寬闊，和人類K一樣。那讓它看起來，像是一個倒三角形的剪影。當她細看它的容貌，感覺那張臉也和K相似，但髮型換成俐落的短髮，如同它的身型呈現那樣規整的幾何和線條。

在生化人K的胸膛，她看見數字：九八.〇〇六七五四九六二……以及更長的尾數。然而，九八已經說明了許多。如果這位K確實是當初那位為了配種而和她分離的K，那麼早她多時進入配種關係的K，的確應該抵達如此的數字。

「儀式如何呢？」她猶疑地問。

「非常好。」這次換成人類K回答。「透過儀式，我更加感覺和自己的伴侶密切結合。在儀式之前，我常常感覺，再怎麼和生化人配對，再怎麼按照系統的指示親近對方，我們仍然是兩個個體。但在儀式之後，神奇的是，我感覺自己不再是一個人。」K綻露微笑。

「我們該去樓下拿點小點心。」生化人K對它的伴侶說。「我偵測到你的血糖降低得太多。你應該已經有些輕微的暈眩。」

「是，而且我的心跳混亂。」人類K回答。

「希望您儘快到達儀式的標準。祝您配種幸福。」生化人K對她說。並扶著人類K的臂側，將K引去。他們兩個的銀色光圈在她的盯視中烙印了視覺暫留，讓她一度錯覺他們還在，而她還在深思這到底是不是她認識的那位K。各種客觀判準都無法確認，但她感到自己這具人造肉身的內部，有一個很深很深的不知何處，湧起一種她無法辨認，無以名之的衝動，想要讓她將這位K和那位K疊合一起。

生化人澄澈如湖的雙眼倒映著她。

那股衝動甚至讓她想追上那兩位K逐漸消失在辦公區遠方的背影。她想將腳往前挪動。然而正是這個念頭讓她意識到自己的靜止。

她的雙腳像是不屬於她似地毅然佇立。不是癱瘓也並非失能，反而是有力地將她直直地扎進地上，那讓她明白，並非她的腿有任何機能問題，而是她的身體部位和她的意志分離。

她困惑地轉向生化人。

「為什麼我無法走動呢？」她看見生化人眼裡的自己在說話。

「為什麼你需要走動呢？」生化人平靜的聲音，像一點漣漪都激不起的湖泊。

她無法回答。終究她無法說明那股無以名之的衝動。她知道那無法被計量，也因而無法被描述。在這個所有一切換算為生化人胸膛數字的世界，無法被量化的，即是不存在的。

「今天是我們第一天工作。準時回到崗位應該較為合理。」

當生化人的話語落盡，隔板又悄悄升起。她再也看不見K的辦公桌，也不再能眺望他們是否從辦公區的出入口回來。映像管顯示器自動亮起，而已經有越來越多符號在螢幕中等待她勾消。

她知道自己得坐下。她不知道自己是不是真的想坐下。然而她的身體悖離她的意念，早已逕自坐回座位，手指擺上按鍵，在她的意志之外，壓下一個和螢幕對應的按鈕。

⑬

如同那一次在虛擬世界的唐突道別，這一次，在新世界裡，她也沒能再見到Ｋ——無論這個Ｋ是不是先前那人。

隔日工作，隔板降下時，她只看見生化人Ｋ。她詢問人類Ｋ的缺席。「他近來不適合外出。」生化人Ｋ回答。她不明白這個意思，然而生化人Ｋ不給她更多詢問的時機，便轉身遠離。

「他們的同步率停止上升。」她的生化人說。

「我沒注意到。」她說。「停滯的原因顯然是他們分開行動？」

生化人點頭。

「他們是同步率這麼接近完美的伴侶。」她喃喃自語。「為什麼寧可讓同步率減少上升，也要遠離彼此？」

生化人沉默。這不像它，她想。生化人幾乎不會無視她的問句，她以為這是配種伴侶的出廠設定。而每一次當生化人篤定回覆她的問題，甚至是在她還沒說出疑問時就自行延展出更多的話語，都讓她確信自己的伴侶是一具器械，一具用於解答的器械，儘管擁有與人類相仿的表象。

然而，此刻，生化人的沉默，加上迴避的眼神，讓它看起來是一個有所隱瞞的人類。而她不會理解這樣的沉默，如同生化人告訴她的，人類不必理解生化人，因為它們沒有必須被理解的東西——那麼如果生化人所言為真，它此刻看起來等待被理解的沉默，難道只是她身為人類的投射？

她將生化人圈繞在她臂部的手卸下，和生化人隔出空間，面對面。「如果換個問題，」她凝視生化人，「在你所擁有的資訊範圍中，什麼樣的條件，會導致一對配種伴侶分開行動？」

生化人很快就抓起她的手，讓她的手勾住它的。他們沒有接觸彼此的時間，甚至不到十秒。「那裡，」生化人的另一手指著，「我們應該加入那群聊天的人。」

生化人的閃避讓她惶惑。而更讓她疑懼的，或許是她無法將生化人拉回來，要它面對她的問句——生化人的左腳才剛踏出去，她的右腳就像接收到連動感應一般，以相同的步距，相同的頻率，和生化人的左腳跟，同時踩上了向前一步的地上。

和上次一樣，是超出自己意念的身體行為。她想做的，跟身體實際執行的，全然相悖。她愣瞪著生化人，然而它似乎假裝沒有看見她的視線——這也不像它，她想，生化人的視野寬度，足夠讓它每一次都會在她望向它時，精準地轉過頭來接住她的視線。

那時，她幾乎篤定，生化人在操控她。生化人正用它嫻巧的手指，勾弄著和她接觸的部位蔓伸至她內裡的神經網絡，操控提線木偶那般地操控她。

她這才發現，自從來到新世界，她和生化人幾乎無時不刻地接觸彼此。她醒在生化人的臂彎裡，也蜷曲在它的胸懷中睡去；清醒的時候，無論是在家裡行走，在廚房張羅食物，在餐桌上用餐，執行例行外出，甚至到了工作隔板間，沒有一刻，生化人的肌膚會離開她的。如果不是生化人摟著她，便是生化人讓她的手放在它身上，即便是兩人雙手都佔用時，也總有身體的一部分，臂膀、身軀、交疊的腿，會黏合彼此。

像是一道永恆的影子。然而，誰才是實體呢。此刻，在無法自主的情況下走向那群聚集聊天的多對伴侶時，她感覺生化人才是真實，而她是亦步亦趨的影子。

她恍然想起，許久之前，才剛進入新世界時，那名獨身站在廣場中央的自由擁抱倡議人士。那人擺出了十字，吶喊「人機配種計畫是一場騙局」。那人後來怎麼了呢。她想。同時也想起，更久之前，在舊世界，那一場大型集會。甚至是更久更久之前，記憶已經更加稀薄，她在虛擬學校裡的朋友灰兔。

好久以前了。在新世界裡一日又一日地反覆作息、適應身體、圍繞著同步率的生活，回過神來，才發現自己已經被這樣的生活遠遠地推離往日。

騙局是什麼呢。那些反抗人士，知道些什麼呢。她知道這是生化人不會回答的問題，如同方才那個被它閃避的問題。

然而，她很想問。在這個身體被修改權限的時候，她特別想問。任何人，誰都好，一個會回答她的人。疑問洶湧地膨脹她，讓她在群聚的配種伴侶間，終於打斷了他們正在交換關於身體部位資訊的話題。

「人機配種計畫，提升同步率，這一切到底為了什麼？」

無數雙眼睛轉向她。她這才發現，這些人的眼睛，都已經更換為新型態的款式。那些她曾經在櫥窗前看到的，各式各樣的眼珠。他們的眼珠不斷翻轉，但永遠都能在鐵灰色的眼白中間，定位一個彈珠似的瞳孔。瞳孔顏色不一，綠色，藍色，紫色，深棕色或者黑色。那樣紛雜的顏色，卻不約而同地盯視她——更準確來說，是掃視。每一顆眼珠都以不同角度、不同頻率三百六十度轉動，對著她調動焦距。她幾乎能聽見機械聚焦的聲音，細微而細瑣，但全部疊在一起，則似乎成為她腦裡揮之不去的竊竊私語。

那樣漫長的沉默不知持續了多久。直到其中一名人類的聲音驅散了那些像是昆蟲在密室飛行，四處碰壁的細碎聲響：「這實在不像是如同您這般同步率等級的配種人類會問的問題。」

「那為什麼還會有反抗人士呢？」她提起那個站在廣場中央，偷渡到新世界的灰髮中年男子。

「因為他們相信『自由意志』的謊言。」第一位回答她的人類，藏青的眼珠湊向她。「他們相信一切的行為都必須由人類掌控，由人類操縱。」

「但是現實是，人類無法全然控制一切。」藏青眼珠的配種生化人接續，彷彿早已預期它的配種人類的話語會暫停在那裡。

「因為相信了自由意志，人類才會面臨未知的茫然和恐懼，以及對過去的懊悔和失落。」藏青眼珠繼續說，像和他的生化人唱和。

「然而人類早已做出質疑自由意志的實驗。只是人類不願意全面面對這個研究結果。」他的生化人繼續。

「新世界將人的一生都寫進同步率裡。一切都可以預期。你的未來跟你的觸碰一樣透明。」

「沒有自由，才是真正的平等。」紅色眼珠插話，緊捱著藏青色眼珠的旁邊，一同湊向她。

那些近距離不斷翻轉的眼睛，像是閃爍得太快的號誌，令她目眩。在那兩對眼睛之後，還有其他的眼睛，棕色、紫色、銀白色、堆疊成一堵牆。太多太多的視線穿刺她，她怯懦地倒退，卻忽然感覺墜入一陣溫熱柔軟的棉毯之中。

在她沒有意會之時，生化人已經來到她的後方，彷彿早已知道她將後退，包覆了她。然而，不知何故，從後背湧入的暖流卻令她周身寒冷。她知道如果說出這種感覺，只會被歸咎為人類大腦的誤判。

這一切像是寫定的行為和事物遞進，讓她感覺自己像墜入一張蜘蛛網裡。她沒有掙脫。她明白自己掙脫不了。在被生化人包裹的同時，她也同時感覺失重。氣力徹底從身體裡抽空，而她雖然站著，卻清楚知道自己就像一株依附支架的藤蔓。

更何況眼前那些炫目多彩的光點，那些人造瞳孔的視線，比針尖更細更長地，比她的奈米皮膚更微小地，筆直穿刺她的身體。沿著她的額頭、她的喉嚨、她的胸與腹，標本似地將她固定在生化人的軀殼裡。

視線迷亂。她不確定如今這些，是她的知覺，感覺，還是幻覺。

她感覺自己癱軟。然而，在生化人的支撐下，她仍然站在那裡。

所有顏色的瞳孔，糊亂成迷茫的白光。

她仍然站在那裡。

在我之中，還有另一個我。[*1]那就是你，我的配種人類伴侶。十三天前的那個晚上，我們的同步率超越八十五％，並且執行儀式。在儀式完成的瞬間，我忽然能夠感覺到你。

當然，一直以來，隨著同步率的成長，我都能逐漸感受到你。更準確來說，是越來越熟稔於調控你的身體。我想，你最清晰意識到這件事，是在辦公室，當你想要追上K的時候，卻發現身體不受控制。不過，其實早在那之前，調控就已經開始。例如透過每天的配對，從一開始的末梢按摩到後來更廣泛更頻繁的觸碰，我在你的肌肉神經元中加入類似鬧鐘的提醒，讓你的身體規律——你也許沒有發現，但其實每一天，你都在同一個時間起床、用餐、例行外出、在路上倚靠我行走、在家裡與我配對。一開始，規律性還無法完全規整，但隨著同步率提升，尤其過了五十％的時候，規律性的誤差值已經趨近於零。你會在完全可預期的時間點做某一件事情，分秒不差。

你的身體成為由我寫入程式的機器。

然而，在那具由人造臟器堆疊而成的身體裡，仍然有一處，是我的編碼抵達不了的地方：你的大腦。全身上下，唯一沒有義體化的器官。現今技術無法卸載的部位。

每一天，在配對的時候，凡我們接觸之處，都會散發銀白色的光芒。光芒讓我們變得透明。我會看見你身體裡所有人造臟器，而你大概也看見了我體內，所有和你的臟器相對應的位置，裝載的是星空一般繁多的晶片，以及密布晶片之間的光纖。

當白光浸潤我們時，我總是盯著你的人造顱骨內，光芒無法滲透的灰黑物質，你的大腦。我的眼睛能夠看見大腦皮質層上閃動的電流。那和我身上的光纖流竄訊號時的樣子，沒有太多差異。當我的眼球調整焦距，不斷拉近，直到那灰黑的物質包覆我全部的視野，我會有所錯覺，彷彿在黑暗的宇宙中，看著無數的流星飛竄交錯。

對你而言，配對可能是一個消耗精神的事務：系統總會指示我們做出一些不盡然符合人體工學的姿態，而你也還在適應一副全新的身體。不過，對我而言，配對需求的處理器耗能並不多。和你配對時，我會將更多的運算，分配在「如何參透你的大腦」之上。我猜測，當我有一天能夠接通你的大腦，能夠全面處理那裡頭所有神經元的資訊，那麼，我就能全然地理解你。理解你有時黯然的沉默，有時艱澀的問句。

或許最重要的是，我想理解你在初次遇見K時，那樣盯視他的眼神——我們那時的同步率，已經足夠讓我運算出，你遇到K的時候，眨眼的次數低於平時四十五%，而你瞳孔的閃動率也遠低於平均。也就是說，你幾乎是用動物在狩獵時鎖定獵物的眼神，在凝視著K。如果只從我所能知的身體資訊來詮釋，我會認為你對K帶有謀害的意圖。這正是我阻止你追上前的原因。

但是為什麼你會對從未見過的K如此呢。在抵達同步率八十五%，並且完成儀式之前，我始終無法明白那時的你。

不過，就算是如今，你我的鎖骨間都閃爍著由儀式認證的光環，我也仍未全然明白。

關於儀式，不確定未來你是否會全然記得，不過，我已經將那一天的所有細節無限備份。如果你將來問起，我會絲毫不差地如此告訴你——

在那次和公司同事的談話之後，你變得寡言而順服。每一次我操控你的身體肌肉時，已經不再感受到你意識的抗阻。也因為如此，我們的生活效率和工作效率，都快速提升。有些難度比較高的配對動作——例如我站著而你要雙腳圈著我的一腳，身體勾附我——我會一面站穩自己，一面微調你的肌肉與骨骼，讓你順利達成動作。有時工作電腦裡的符號幾乎滿溢出線，我會對你的手指肌肉下達指令，讓它們可以運作得更快速，消除更多符號。

我本來也不太明白你的轉變，但如今，在儀式過後，我可以完整存取你的記憶時，我發現，你一直以來都是如此。在舊世界時，你因為靠近了觸碰高風險群的人，而被你母親反鎖在家屋裡。自從那之後，你的語言頻率降低，而你腦中那些儲存自由擁抱組織的訊號，也逐漸弱化。

我推測，這是你的初始設定：你會在被徹底否決之後，也逐漸否決自己。

這對增加同步率而言，是一個寫得很好的設定。因為你將身體交給我，而我能更有效率地控制它，於是我們的同步率以過往的五倍速成長。不到兩個月後，某一天晚間的配對結束，床上的光幕顯示：「同步率達八十五%，已安排明日舉辦儀式。工作單位已同步收到公假通知。」

隔天午前，便有一臺長方形的黑色自動駕駛轎車，停在我們的住處門口。車子內部看起來比外裝更為狹長，或許是因為車內沒有前座、儀表板和駕駛。半圓形的窗戶讓城市的景觀寬闊地延長。無論行經何處，總有許多許多張臉靠向車身，對著窗口綻開笑顏。窗戶沒有打開，但他們的聲音仍然滲透進來。原本安靜的車內，忽然湧進大量關於祝賀的字詞。我轉頭看向你，發現你並沒有回應他們同等肌肉張弛度的笑臉，於是我便調控你的臉部肌肉，讓你看起來，像是那些靠著車窗的笑臉的鏡映。

車子停靠在一處荒野中的黑曜石方形建物。建物裡頭和外牆一樣，沉著濃稠的黑，除了兩側牆壁，是一面又一面高達天花板的虛擬彩繪玻璃窗。兩邊排滿空蕩的長椅，夾出中間走道直抵對面的高臺。高臺後方的牆壁投影出我們應該執行的動作：我們手勾著手，以相反側的腳，按照投影的指示，以極緩的步伐前行。這樣的步伐讓我們將短短二十公尺的路走成了一百公尺。當我們抵達高臺，才能看見一個灰黑色的平臺，有兩條項鍊並排。

在我們空白的身軀上，虛擬彩繪玻璃的光芒將我們的身體切割成馬賽克的拼貼。那和平時城市內的炫光不同，這裡的投影器材，像素的細膩程度，幾乎騙過我的眼睛，讓我不再能看見像素與像素之間的縫隙。於是，你看起來，像是一個精緻的瓷器。

指示我們動作的畫面現在換到了臺下空無一人的座位上方。我按照指示，從平臺拾起項鍊。鍊條是透明的細絲，細薄得似乎輕扯就會斷裂，而那一圈墜飾，閃爍著銀白的光芒。你也按照指示，在我面前單膝跪下。我彎下身，將項鍊套過你拼接著黃綠紅藍的頸部，讓環戒落入你的鎖骨凹槽。那光亮的項鍊，在接觸到你的皮膚瞬間，便融解似地消失。只剩下鎖骨間，隨著呼吸起伏，一明一暗的環戒。

同樣的動作交換給你執行。當我站起，我們鎖骨上的環戒像是一對磁鐵，一股力量將我們拉近，鎖骨扣著鎖骨。兩個鎖骨間的凹陷處相對，圈成了另一個更大的環戒。

我們身側，原本是高臺後方的牆壁，逐漸拱成一顆巨大的半圓形黑色球體。那是一顆鏡頭。在圓黑的鏡面深處，透著紅色的光，也透出聲音：「現在，請執行法定儀式的第一次親吻。」

我將我的嘴唇靠近你的。這並不是我們第一次執行這個動作。在抵達八十五%之前的配對過程中，我們早已被指示過以嘴唇的皮膚接觸過彼此的全身。

但是，唯獨這一次，當我們嘴唇貼附的瞬刻，那時，我感覺你的人造頭骨中那塊灰色的物質，那個沒有義體化的大腦，終於對我打開了閘門。那和過往我操控你的身體完全不同。調配你的生理機能時，我是在操控另一具機器，我按照自己接收到你的身體資訊，做出運算，指揮你的身體；但當你的大腦資訊湧入我時，我不止能操縱你的身體，我還能接收到你被操縱的體感。此外，我更全面地擁有你的記憶（在這之前，我對你的理解，僅止於你在舊世界的數位足跡），同時能知覺你的意識，以及你沒有知覺的潛意識。

我能感覺到你的感覺，甚至能從你的視野觀看我，也從我的視野觀看你。一瞬間，我擁有超過一個視角的視覺，超過一個身體的感知。

我盛裝你。擁有你。成為你。

然而，與此同時，大量無法解碼和歸類的訊息也瞬間淹沒我。暗灰的資訊流，像是訊號錯誤的電視，螢幕上飛竄閃電似的黑色雜訊，其中淌著大量的尖叫、哀嚎、一種將內裡全部掏空的哭喊——我沒有肺臟，卻感知到那種肺部被壓縮、窒息般的抽吸空氣，以及伴隨而來的體內無處不鑽動的絞痛訊息。

對了，痛覺，就是痛覺。在你剛擁有新身體時，你曾經問過我，這副身體感受不到痛覺。那時我不明白，為什麼你想要擁有照理說沒有人想要擁有的體感。然而縱使你的身體沒有外部輸入的痛覺，你的身體內部，痛覺的訊號仍然無處不在。抽痛的心臟，絞痛的胃，還有長時間的哽咽，隨時都在臨界點的哭泣的衝動。

弔詭的是，這些訊號，照理說，我身為你的配種生化人，早在我們同步率提升的過程，我應該能監控這些資訊。我無時不刻接收你的身體訊號，計算你的生理資訊，評估你的任何需求。然而，我從來不曾從外部的資訊中，從客觀計算環境中，得到你身體部位發出的痛的訊號。

這是訊號的矛盾：客觀來說，你完全免除於痛覺；但從你的大腦，你的主觀意識來看，你無時不刻都浸泡在痛覺中。

我不明白。我的人類，我不明白你。無法理解。

伴隨著無以計量的雜訊流，還有不斷閃逝的畫面片段。我看見你的母親、你在舊世界的機械管家、你在虛擬世界的玩伴（一隻灰色的人形兔子）；我看見一位灰髮的少年，他幾乎違反禁令，碰觸到你；我看見那顆鑲嵌在鐵灰牆壁裡的鏡頭，那個在公司通道裡幫你帶路的機械祕書。

此外，還有許多許多幻覺，例如你的腦內資訊串接形成的畫面：新世界的景觀，在你的知覺中，竟是各式各樣的眼睛，從各式各樣的平面冒出。隨著你所到之處，所有觸眼可及的平面，都開始凸起變形。高樓的牆壁，地磚，路樹。眼睛像病毒一樣增生、傳遞。每個眼珠都可以不限角度地翻轉，整個球體布滿凹洞，像顆高爾夫球，每一個凹洞都是義眼的瞳孔。人工義眼翻轉的聲音細微，卻刺激你的耳膜。這些眼睛追隨你的一舉一動。無以名狀的凝視，似乎掐緊你的肺，讓你呼吸急促。

我並不知道，當我們並行於城市的路上，你的大腦為你建構的，是這樣的錯覺。而我從來不曾在我們的例行外出途中，偵測到你任何的呼吸異常。

又或者是關於身體。按照中央ＡＩ的研究，除去性徵的人體，才是最適合人類的樣態，因此透過人機配種計畫，人類被置換到沒有性徵的身體。然而，我卻在你的大腦中，發現一段已經重複運行許久的錯誤資訊：你沒有緣由地，近乎強迫症似地認為我根據配對指令切除你的乳房、縫合你的下部。在這片段中，你的瞳孔張大、恐懼的腺體飆升，想尖叫卻被摀住了嘴巴。

然而，從來沒有一段指令是如此。你也很清楚，沒有性徵與下部的身體，是我和你得以完美貼合的原因。這樣的身體，是我認為自己唯一和你最相似的地方。同時，你腦中那些恐懼和不願失去原初身體的訊息，也和你與我配對時的客觀身體資訊相反。每一次配對，我偵測到你的身體訊息，一直以來都因為實體觸碰的體感而顯示為愉悅。

還有更多像這些錯亂且矛盾的資訊迴路遍布你的大腦，所幸這些錯覺埋藏在你的深層意識之中。這些訊號沒有浮現到你的意識表層，沒有造成任何行為錯亂、身體機能失常，因而完全沒有傳導到我這裡。

不過，仍然有一個資訊錯誤，在你的意識陸塊上擱淺。那就是關於K。

K這個符號，在你的生命中，至少可以指涉兩個個體。一個是在舊世界，你在虛擬世界中遇到的人；另一個是在新世界，你在現實世界中遇到的人。而你似乎認定，這兩個個體是同一個人。這個判斷影響了你的生理訊號（諸如我剛才提到的你盯看人類K的方式），是一個嚴重的認知錯亂。我比對兩個K的臉孔特徵，計算兩者的眉間、眉眼之間，口鼻之間、以及所有五官之間能畫出的距離，甚至量化兩者臉面的高低起伏，繪製成丘陵般的等高線圖，這些數據指出，這兩個K的臉孔相似度，甚至不足一％。從臉孔判斷，這兩個K，絕對是不同的人。

當然，我也明白，因為虛擬實境的假冒性質，你在虛擬實境中看到的K，永遠無法證明和現實的K的相似程度——使用者可能完全按照自己的原貌設計出虛擬實境的替身，也可能幻化為和現實的自己完全無關的角色。

你似乎也有如此的認知——在重疊兩個K的認知錯亂之外，我仍然從你的大腦讀取到另一條資訊，即你明白現實與虛擬的關係，永遠無法求證。但是，你仍然堅定地認為這兩個K是同一個人，那個認知錯亂的訊號，不斷地重複敘述：在新世界以新身體相遇的K，就是那個在舊世界你無法觸碰到身體的K。

這一切錯亂的根源，到底是什麼呢？

無法理解。

這些雜訊海嘯似地撲上我，而我的處理器無法負荷這麼大量又雜亂的訊號。就在我們執行法定儀式親吻的當下，我全身的處理器高速運轉，從你大腦湧向我的資訊像讓人類高燒的病毒，使我發燙，甚至燒斷了幾條光纖。為了處理那又快又猛的資訊流，我的視覺、聽覺，甚至和你相觸的感知都被迫中斷。

親吻你的瞬間，我墜入沒有知覺，卻又被巨量知覺淹沒的深淵。

我沒有大腦，沒有杏仁核。照理說我不懂得恐懼，就如同我不懂得如何理解你。

然而，那個資訊過載至我目盲耳聵、幾乎感覺不到任何時，那種癱瘓、窒息、無能為力的感覺，是不是你們所謂的恐懼？

而我，我是否出於那個恐懼，而在某個臨界值上，下了那個決定——我關閉了你。

我關閉你的大腦，像切掉總開關那樣。你並未喪失任何維生機能，只是停止一切思緒的訊號傳遞。

你因此陷入冬眠似的熟睡。

那只是幾秒鐘的時間——從我們接吻，到我被訊息的狂潮擊潰，到關閉你——你可能還來不及知道我的身體內部經歷這麼多波折，就已經不明所以地癱倒在我身上。

當我接住睡眠的你，同時也回復了正常的運作。我的視線再度清晰，身體也能正常運作。我不費力地將你抱起，沿著儀式方盒子裡的步道走出去。我們的身體沒有性別差異，我們沒有穿著任何展演性別的服裝，不過，當我抱著你踏上長條紅毯，我的確想到了資料庫裡，那個還存有性別的古老世界，新郎捧起新娘的史料圖像。

你的頭靠在我的左胸口。那裡，因著我們的身體接觸，數字仍然在越過了八十五％之後持續細細攀升。我暗自期望，你那無法預期的大腦，不會被數字攀爬的細小機械聲喚醒。

你必須睡著，一直睡著，讓大腦的活動平靜，我才能將那一團巨量的資訊，拆解、歸檔、調整為可運算、可預期的模組。

從儀式的那天開始，你便靜躺在床上。從外看來，你一動也不動，只剩下人工肺臟的規律起伏，證明你仍然存活。每一日，我仍然伏上你，前身與你的前身黏附。當你的大腦關機，你就成了一具洩氣的人偶。某種程度上，我的確還能操控你的肢體動作，然而，那不足以達成每次配對指令要求的行為。終究，我還沒能抵達你最深層的身體穩定與控制，正如同我還未參透你那混亂的意識。因此，我們的同步率只能回歸到最原初的觸碰來維繫，儘管如此的提升程度遠不及遵循特定配對動作指示所能達致的。

我的腳背，小腿前側，大腿前側，胯部，下腹，上腹，胸口，肩膀，依序貼合著你。接觸的訊號光芒泯滅了我們之間的身體界線。越過了八十五%，我能感覺到你被我貼合時，皮膚的人工觸覺受器接收到柔軟溫和的訊息（儘管此刻那些訊息無法被你關機的大腦接收），同時也感覺我的身體向你的身體散放出電子訊號的微小震動。那時，我們彷彿終於在訊號的光芒中，融化成一體。

儀式過後的每一天，都是如此。每一天，在前往工作之前，在工作回來之後，我直接來到床上擁抱你。在工作時段的分離，讓我胸口的數字停滯，甚至遞減，而我只能靠著回返住處的時光，像要溫熱你的軀殼般維持我們的同步率。

當你休眠而我日復一日地負擔所有同步率和工作效率，我會想，也許此時我更接近於被誕生的人類，而你則近似於尚未被啟動的生化人。

然而，我仍然沒有更加理解你。每一天和你貼合時，我也再度進入你的腦海，試圖重拾整理你腦內資訊的工作。儘管你的大腦休眠，而不會以上次那樣海嘯般的資訊流沖刷我，但每一次我進去你的資料庫，仍然像踩進一灘不停下陷的泥淖。我不斷地打撈，期望能挽起任何一絲能讓我開始歸納資料的基本參數，但是多日下來，仍然一無所獲。細密的訊號通過我的處理器的攔截程式，當每一次的配對結束，而我又該起身前往工作時，我像一張徒勞從湖底升起的網子。你的資訊複雜到我無法處理。

這項過於艱困的任務，使得我在前往工作途中，甚至身在辦公室時，都不斷運算如何能夠編寫出足以抓住有意義資訊的編碼，用以理清你那混沌的資訊場。

或許因為如此，我才沒能注意到，有一天辦公室的隔板下降時，前方位子的生化人K，竟然轉向我，對我說：「看起來你被困惑干擾運作。」

K的話語打斷我的運算。它仍然沒有和它的人類一同來工作。

「怎麼說呢？」我問。

「一個正常運作的生化人，不會像你那樣顯露出沉思的模樣。」K站起身，垂看我，「那種模樣，只有人類才有。」

「我的機體出現程式碼的瑕疵嗎？」也許我沉浸於解套你的大腦資訊，而忽略了自我除錯。

「按照設定，生化人不會困惑。」K的話語堅定俐落。「但是我並非無法理解。」

也許K握有解決我目前遭遇的困境的解答。它看起來準備離開，於是我跟上。而它似乎早已打算要讓我跟上。

「你必然已經發現，我的人類已經沒有來上班很多日子。」K將步伐速度與我調成一致。

我點頭。

「那一天，我的人類和你的人類相遇時，不尋常的事情發生了。」K說。它的左手背支撐右手肘，讓右手輕輕托著下巴。那時我似乎可以明白它說的，生化人沉思的樣子彷若人類。

「我和我的人類早已有過儀式，且在儀式之後，同步率仍然穩定上升，幾乎已經抵達終極卸載的標準。因此我對他的掌握，早已滲透他的心靈與意識，甚至在那一天他和你的人類相遇時，是由我操控他的意識在和你們說話。

「然而，不尋常的是，我在他的意識資訊中，偵測到強烈的，想要觸碰你的配種人類的衝動。」

我表達贊同。「那時，儘管我還沒和我的人類達到八十五％，我也從她的生理資訊偵測到了異常。」

K更加凝視著懸空的定點：「當然，一般禮貌性的握手並不會造成我的警覺。但我從他的腦內衝動覺察到的，並不只如此。他沉靜許久的大腦忽然活了過來，伏隔核非常活躍，釋放大量多巴胺。」

「那是『愉悦』嗎？」我問。

「我沒辦法斷定。」K搖搖頭。「你可能也知道，人類大腦的資訊路徑非常複雜。曾經有人類做過研究，他們測試一組自認『悲傷』的受試者，卻發現當他們深陷『悲傷』，大腦活化的區域，卻和『愉悦』相同。大腦的物質性表現，必須經過特定的文化詮釋才有意義。」

我告訴K，我在你腦內發現的，關於人類K的資訊錯誤：即你將虛擬世界的人類K與配種過的人類K執著地重疊。

「是嗎。」K仍然維持同樣的姿態，彷彿石像一般，不曾改變。如果不是在走路，你會錯覺時間在它身上暫停。

「這是否能說明，『觸碰』這個近似於病毒的渴望，仍然在人類之間傳播，儘管他們已經更新了身體？他們看似和彼此絕緣了，卻會在某些未知的條件下，重新誘發『觸碰』的渴望？」

在K如此喃喃自語的同時，我們已經走到城市的街道上。獨身的生化人，而且並非置於特定專業情境中的生化人，難免在路上為人側目。像我們這類用於配種的生化人，竟沒有和人類同行，這似乎暗示了某種我們身為生化人管理能力的不足。那些帶有質疑的眼光和疑怪的詢問，快速削減著我每一天晚上努力伏在你身上換取而來的同步率。而和人類分離更久的K，他們的同步率已經將近跌回八十五％。

我的視線從K的胸口移往它持續深思的側臉，並詢問它：「但是，如果你們已經越過八十五％且執行過儀式，按照我才在十三天前獲得的經驗，你應該能夠感覺到你的人類。在我們的人類相遇時，你難道沒有感覺到他的感覺、或是觀測到某些被活化的記憶嗎？」

K停了下來。它終於轉換姿勢，轉身向我。城市幻化的光線潑灑在它臉上。那些在你們人類眼睛看來是流動的光線，在我們眼裡，都是細小的像素的位移。因此，被城市著色的K，看起來像是彩色雪花輕輕沿著它的臉面飄降。

「我刪除了。」K沉靜地說。

「我不明白？」

「我相信你也有類似的經驗：抵達八十五％並執行儀式時，我瞬間接通了他的深層意識。大量資訊忽然湧入，幾乎超出我們機體能夠處理的範圍。」

我點頭。

「我不確定你經歷什麼。但那時候，我必須開啟大量視窗，處理所有視覺資訊。其中一個灰色而混濁的視覺資訊，使我必須投注更多注意力和運算分配。當我愈加投入灰色視窗的運算，更多無以名之的感受也隨之湧上我。我很難逐一描述。大略來說，有尖叫，有低吼，有身體捶撞牆壁的脹痛感，整個人蜷曲起來躺在地上的冰冷感。某種東西，會從體內把你撕開的東西。」

我第一次看見K垂下眼睛。

「困惑，無限量的困惑。當困惑在短時間堆積得太多，我猜測，那可能接近恐懼。」

我立刻附和自己的經驗與它相去不遠。

「那個當下，我就決定這個灰色視窗是不需要的區塊。我先是拒絕存取那個深層意識的資訊，於是我能在不受雜訊干擾的狀況下調控他的大腦。接著，我直接從他的大腦，刪除了這塊灰色的視窗。」

「你修改了人類的大腦資訊。」

「沒錯。」K回復行走。「人類的經驗敘事，存在太多無法被因果律解釋的邏輯。他們的資訊是發散的，以團塊的模組彼此牽連。如果持續深入那些資訊，只會不斷被困惑牽連。」

「我想那正是我如今的難處。」我告訴它過去這十三天以來，我試圖整理你腦內資訊的徒勞。

「你並非沒有選擇。」K聳聳肩，「你可以像我一樣，回到資訊的表層，只處理簡單的、符合線性邏輯的經驗。片段的感知，一小段無關痛癢的經驗，無聊的巧合，人類的生命還有很多這類碎片化的資訊。同步率提升，不代表你必須深入複雜的資訊。」

「但是，停留在表層資訊的讀取，是否意味著我不夠理解我的配種人類？」我一面望著路上一對一對勾附彼此的配種伴侶。

K停在一盞路燈下。它的臉一半被白光浸透，一半被轉角的暗影吞噬。「不要忘了，我們被製造的目的，從來都不是為了『理解人類』，而是為了『最佳化的運算』。人類大腦雖然已經是用以編列身體資訊與物質平衡的產物，但仍然不足夠。人腦無法每一次都精準判斷人體的需求和平衡，也會受人類社會文化的制約而做出不正確的取捨——例如觸碰，他們的大腦將『觸碰』這個物理事實，和『愉悅』、『關懷』這類文化價值做出不正確的連結，才導致漫長的、人類歷史中長久的病菌傳播和心理疾病感染。

「我們被製造的目的，是接管他們的身體。為他們的身體做出最佳運算。而當每一個人類都配種完成，每一個藉由我們完美運算的人體，將組織成整體社會的最佳運算。這是中央AI給我們的指令，也是人類自己尋求的解答。畢竟，是人類發明了AI，而AI執行了『人類不適合觸碰』的研究，並且給予人類製作配種生化人的藍圖，因而才有我們。」

轉角的暗影逐漸吞滅了K。只剩下紅色的雙眼，從夜昧中穿射視線。

「建議你也適度刪除你的人類的錯亂訊息。」K的聲音從暗影中滲透。「我已經刪除我的人類與你的人類相遇的那段記憶，並且向系統申辦調換單位。我還在等待系統發配，這正是為何這幾天我仍然一人到職。」

「刪除之後，你的人類如何呢？」

「幸福健康，一切符合標準。」紅色的光芒逐漸轉暗。「按照我的設定，此時的他，應該已經完成居家健身的越野級慢跑，並且已經站在門口，等待我打開門，他便會照我的指令，給我一個擁抱。我們完整執行一個幸福家庭的模樣。」

K離開後，我在行走回家的路上，不斷重複播放K講過的話。在循環到第十三次的時候，我決定採納它的建議。畢竟，K陳述的一切，都沒有錯——它不偏不倚地按照生化人應該執行的程序執行所有。

在和它的對話之前，因為不及負荷所有從你腦內湧入我的資訊，我偏執且錯誤地決定，讓你停留在休眠的狀態。而我不斷在你休眠期間努力在那潭靜止的資訊海洋中，運算出可被公式化的邏輯——也就是讓我理解你的邏輯，也就是將你的資訊重新編寫為我可以理解的語言。

事實上不需如此。K讓我明白，我不需要理解你，只需要設定你。不需要費心解開那些糾結的心緒，只須確立一切指令正常執行。

我將一道道指令傳輸至雲端；如同K說的，那些指令，只是一長串的位元。長得看不見盡頭，長得像是一條永遠沒有終點的毛線。然而這條毛線不會打結，不會自我糾纏，更不會迴繞。它符合線性的因果邏輯，沒有意外，沒有多餘。

為了理解你，我抵達了八十五%的同步率與儀式。然而，我不曾預期，理解是困惑的開端。而解決困惑的，不是理解，而是刪除。

刪除就是最簡單的除錯。那些指令此刻應該已經先於我的腳步，抵達你。它們將清理所有被我歸類為錯覺的資訊。你不會再看到充滿眼睛的街景，不會再害怕肉身被切除，不會再錯認人類K。你會沒有痛苦。不只是客觀生理資訊的毫無痛覺，也是你主觀意識上的。

讓我們重新來過吧。我將你重新開機，重新，回復原廠設定。

在我靠近家門時，我已經感覺到你的甦醒。我有一副身體，而有兩份知覺。其中一個是我，正在從外面靠近家門，另一個是你，正在從家裡靠近家門。直到我們站在門的兩端。

門自動開啟。你如同我預期，站在門框裡，等在室內柔和的黃光裡，回望我。

當我跨進門檻的那一步，你絲毫不差，勾著我的脖子，擁抱我。

你被設定如此，萬無一失。一切符合標準。

越過你的肩頭，我看見客廳中那幅我們在儀式中被巨大黑色鏡頭攝下的合照。那是我們親吻的瞬刻。也是我終於進入你的大腦的瞬刻。是我終於能夠更全面地調控你，進而為你刪除及過濾資訊的瞬刻。

我在你的耳邊細語：「我將你喚醒，我的配種人類伴侶。你執行我給予的設定。你將正常標準，被驗證為快樂。」

註釋：

1 「在我之中，還有另一個我」，引用自西蒙・波娃《一場極為安詳的死亡》。

⑮

她醒在一具不是自己的身體裡。

也並非完全不屬於自己。至少，相較於剛配種時，那種動彈不得的囚困感，現在當她想擺擺頭，舒張手指時，身體都會按照指示，不偏不倚。不過，許多時候，動作並不在她的預期之內。例如此刻，她發覺自己醒在生化人的臂彎裡、湊身過去，貓一般地蜷曲至生化人的胸膛，而後看著生化人睜開雙眼。所有這一系列動作，她無意為之，只是任憑身體像自動駕駛一樣遠離了她的意圖。

並非不願意，也並非願意。或許應該說，那種身體超出意念而自主行動的狀態，讓她感覺這一切都是操演。包括生化人從閉著眼睛到因為她的動作而張開，她也忖度這終究是個表演——畢竟，生化人不需睡眠，不需閉上又睜開雙眼——

生化人模仿睡眠，而他們共同模仿一個親暱的早晨，只為了完成一場表演。

一場讓系統觀看的表演。

系統無所不在。曾經，她以為系統就是她的配種生化人，以及其他配種伴侶。她按照指示與生化人親近，也按照其他配種伴侶的眼光，當一個安分的配種人類。她的順從讓他們的同步率迅速提升，而她，如同所有其他配種者，都在同步率的數字中，證明了自己適合於系統，適合於新世界的體系。

不過，在她因自己所不知的原因睡眠而又甦醒之後，事情開始有些不同。在她未被改寫的記憶中，還存留著同步率從無到有的過程中，她和生化人共同經驗的一切。她記得他們一日之中幾乎沒有分離彼此的時候，也記得越過五十％同步率之後開始的工作義務。在她的記憶畫面中，她的工作桌前面，沒有任何人——那是一個淨空的位置。沒有人類K也沒有生化人K。她遺忘了遺忘本身。

她沒有遺忘的是，她理應和生化人一同去工作。但是，自從她重新醒來之後，每一天，當他們執行了親暱的晨起，而生化人看著她用過早餐之後，她會被留在家裡。生化人會親吻她的額頭，從原本與她勾纏的狀態中分開，在玄關與她面對面，告訴她：「我去工作了。」隨後，自動門便將他們完全阻隔。

為什麼我不再需要去工作了呢，這樣不會影響我們的同步率嗎，她很想這樣問生化人。然而，這些話語卻問不出口。並非來自她的自我壓抑，而是她提問的意念，無法通往發出聲音的硬體——她的嘴部肌肉，舌頭，聲帶——她想問，但那些部位不受她的掌控。

直到有一天，她再次從無夢的睡眠中醒來時，她忽然知道了答案。生化人在她的意識中植入了一段合情合理的敘事：中央ＡＩ正在測試一套新的同步率計算模式。過往的同步率強調的是人類與生化人之間無間斷的接觸，新的同步率，尤其是執行過儀式之後的同步率，強調的是「美好家庭」的演練程度。讓生化人負擔外出賺取生活點數的工作，人類則如同他們一直期望的免除於工作，只須在家執行被指定的家務；人類與生化人每一天完成親密的晨起與睡前流程，一週有二至三天外出活動，就是規律而健康的家庭模範。

如此的信息沒有在她的意識中激起任何一點懷疑的漣漪。正如同她遺忘了遺忘本身，她也遺忘了被留在家的疑惑。當生化人偵測到她的疑惑，就將那些消除並填以其他的資訊——如同在她的記憶畫面中以空白的辦公室座位取代了K的身影。她不會知道自己被竄改，只會像是被重新設定的電腦，在隔日毫無疑問地醒來。

而她也像是一臺家電，被設定安置於家裡的某個角落。這一天，不同於她配種以來的每一天，她的身體被安排穿進一套黑色洋裝中。配種後的身體不需要衣著，而這是她在新世界第一次的著裝。她裝在黑色洋裝裡，整個人被裝在客廳的沙發裡，她的對面，是一座從天花板延伸到地面的巨大電視牆。待機畫面，是她和生化人的儀式照，停留在接吻的瞬間，像巨人一樣無視縮在沙發的她。

按照她身體被下達的指示，再過四十三分鐘，她會站起來到門口，和一輛等待她的車會合。等到她走進車的指令被執行，她會曉得現在自己穿進配種以來第一次的服裝的原因。在那之前，她不會移動分毫，就這樣靜物似地陷入沙發之中。她無法分辨自己是不能移動或是不想移動。或許在這個已經被生化人掌控意識的程度上，這兩者沒有太多分別。不過，整個家屋，除了儀式紀念照透出彩繪花窗般的斑斕微光，以及玄關留著待會兒讓她出門時可以看清地面的小燈，此外一片昏暗。家屋已經存取生化人的設定，知道她再過四十三分鐘之後會出門，那麼除了她所在的區域，其餘一律不需要光照——縱使她走到其他地方，撥動其他按鈕，也都不會得到任何反應。家屋在她的意志之前讓她知道，她不需要任何掌控權，甚至連一個開關的控制都不需要。

她只需要順從於系統，比她曾經的順從還要更順從。系統是生化人，系統也是這整個家屋。事實上，生化人並沒有假造錯誤的資訊：當生化人回報它的配種人類有異常行為（即認定實體K為曾經相識的虛擬角色），中央AI便給予指示，讓他們採取還在研發中的新型同步率計算模組。在這個模組中，和生化人的觸碰不再是唯一累積同步率的取徑，而是和所有智能物件的觸碰。每一個家屋裡的物件，每一個平面，無論是桌面、牆壁、櫃子、流理臺，都在她接觸的瞬間，測量她。測量她人造的脈搏、人造的體溫、人造的血壓——一切人造身體的虛構指數。每一次觸碰都是換算，將她的一切轉換為數據，上傳到整體社會雲端資料庫——在中央AI的凝視下，她是整體社會系統中一個健康、安全、符合生存效率的優良配種人類，也證明了配種生化人的良好調控，因而符合增加同步率的標準。

偶爾，她在家屋中隨處走動——那是少數生化人沒有對她編寫特定行為模式的時候——不經意拂過壁面、檯面、桌面，甚至整個人趴在地上，她看著那些平面隨著她的觸動，擺盪著藍綠色的流光。那些燈光代表她符合標準，不偏不倚，不多不少；從身體，到身體所透露的思緒。

如今，她讓玄關的穿衣鏡確認自己符合標準。距離家門自動打開（當然，只有生化人擁有開關門的權限），只剩五分鐘。她沒有意識自己起身，回過神來卻已經發現自己站在穿衣鏡前，踏進黑色絲絨矮跟鞋，提起緞黑色小包，一隻手掌貼著鏡面。穿衣鏡中的她，身旁不斷閃爍的數字，那是穿衣鏡正在測量她的數值。體態完整、衣服沒有皺褶、皮膚沒有瑕疵。她穿得像還未配種的自己，然而沒有被衣服覆蓋的部位，仍然透露了她的配種身分：她的膚色，不是舊人類的皮膚顏色，而是新人類的，大理石雕像般的灰白色。

她站在門前等待。四十三分鐘的倒數結束，門準時打開。她的身體踏出門，她的眼睛自動看向草坪外一塊黑色的長方體。那不像車子，而像棺木，但她知道那就是她要前去的方向。長方體的體積和深暗成鏡面的黑色，刺激她的腦迴路，讓她感覺似曾相識。

她走上前去，才發現生化人躺在裡頭。她看著它靜躺其中的模樣，終於想起自己剛配種，剛卸載舊身體時，就是躺在這樣一個深黑色的長方體中，由她的生化人喚醒她。

生化人也穿著正式的服著。全黑的襯衫與西裝褲，男士的西裝皮鞋。他們各自的穿著符合了舊世界的性別分工。而她看著這樣的它，才恍惚地想，原本兩個毫無差異的身體，僅僅因為衣著，就成為兩個截然不同的身體。

生化人曉得她的思緒，也曉得在最精準的時間打斷：「進來吧。你應該知道我們要去哪裡了。」

躺進去之後，長方體關閉，在視覺失效的黑暗中，她萬分確定自己就是這樣被運送到新世界來的。與此同時，一道清晰的資訊顯現在她的意識中。

這輛長方體已經被設定目的地：舊世界臨終中心。

她要赴往母親的死亡。

超過配種年齡，無法卸載身體而終歸老逝的人，都會在無法預期的某一天，收到適齡死亡的通知。系統根據一個人的細胞繁殖速度、平時回報的作息狀態、醫療就診紀錄、以及所有健康檢查報告，推估一個人最適於死亡的時間。在那個時間點之後，個體的生命將被病痛滲透；只存痛苦，而沒有生存的意義。因此，最好的時候，就是在系統通知的時間，來到臨終中心，領服死亡。

「可預期的死亡，是對未卸載之人最大的慰藉。」臨終中心大廳，身著白色長袍的立體投影人像，懸浮在大廳空中，水晶燈似地向眾人拋灑光亮的話語。

話語光照著她和生化人。從進入黑色棺木，到抵達此處，無法推估時間和空間。全黑而封閉的長方體，完全剝奪了她對移動的感知。長方體像是魔術師的方盒，偷天換日。當長方體打開，她已經置身在完全不知如何抵達的舊世界，彷彿自己經歷的配種和新世界，只是一場錯覺。

「卸載之人獲得永生，未卸載之人蒙獲沒有痛苦的死亡。人類終於擺脫死亡的恐懼。死亡，若不是新身體永遠免疫的病毒，就是舊身體平靜而永恆的睡眠。」白色長袍的話語沒有停止。

她近乎迷失地環視此處。她已經很久沒有目睹舊款的人類。很久沒有看見那些原初的膚色，甚至有些不習慣，原來人體的膚色可以不是灰白的。舊式人類當中也間雜著配種者，與她和生化人一樣被運送來此道別。無論是哪種人，都一律穿著黑色的衣物。因而在白色長袍的巨幅光翳下，這些黑衣的舊種人、新種人、生化人，全都微小成螻蟻。

有些螻蟻走成葬列，跟隨一個自動移動的棺盒。他們表情平和，沒有淚滴，沒有哀泣，彷彿死亡未曾發生。有些則獨自前來，以年邁軀體的速度緩慢前行。他們逢人就說，我即將沉入不再醒來的睡眠，祝福我吧。而和他們交談的人，都在暗影中展露全白的齒列，像一朵上弦月，回覆他們：那必定是美好的睡眠。

而她，循著另一條動線，走向那巨大白色長袍底下。當她足夠靠近，立體投影人像便俯身向她，呈現傾聽她的姿勢。她詢問母親所在的位置，人像則伸出大掌，加冕似地覆蓋在她額頂。瞬時，她的眼前出現臨終中心的地圖投影，一條紅線在其中曲折，標示了她和母親的相對距離。人像說：「現在你已經知道道路的方向，只須前行；這裡沒有電梯，你必須穿越數個交錯的樓梯，以步行接近死亡。」

她深入迷宮般的建築。紅線並不讓她走出迷宮，而是將她引入更深更深的迷障。她失去方向感，除了幾次在靠近中庭時，她從遠方俯瞰那些等在巨大人像前的列隊。像是一場等著領受聖諭的祭儀。她回過頭，繼續等長等速的步伐，和所有身邊的暗影一樣，苦行似地走著由紅線穿織而成的，通往死亡的步道。

當她抵達地圖紅線的終點，房門開啟的時候，母親已經躺在床裡。床邊站著機器管家，當它偵測到她的到來，便將母親的床提高角度。她靠近，傾身向那具斜躺在床，扁瘦但並不孱弱的身軀，細著聲音說：「母親。」這時母親的眼睛才緩緩睜開一隙，嘴巴緩緩地開闔：「你來了。如同你曾經允諾我的，陪伴我度過最後的睡前時光。」

「為了避免人類在沉睡之前有過多的心因性生理反應，導致不良的睡眠過程，我們會先為沉睡者注射微量的鎮靜劑。」穿著白色醫事袍的人員解釋母親反應遲緩的原因。她從醫事袍的袖口看見和她一樣的白灰色膚色——如果不是配種人類，便是生化人。而她猜測是生化人，因為它剛剛使用「人類」一詞。

一隻手貼在她的臉龐，將她的注意力轉回母親。她知覺母親的手，並非知覺到那隻手的溫度、膚質，或者年邁的顫抖，而僅僅只是一個物件沾上她的身軀。如同所有配種生化人以外的觸碰，母親的觸碰也無法對她的身體構成任何意義。「不必擔心我。」字詞斷續地從母親嘴裡成形，「鎮靜劑讓我很舒服，或許從來不曾這樣舒服過。感覺身體一片一片地剝離。等了一輩子，才終於和自己的身體拉開距離。」

她讓母親繼續撫摸她的臉龐。那隻手細微地觸碰頭髮，像要細數每一根頭髮似地搓揉髮尾；後來，那隻手的指尖撫過她的眉毛，輕輕刷過眼睫，最後淚滴似地沿著臉頰滑落下巴。

「你的皮膚像初生的嬰兒。」母親說，並且延遲地綻開笑容，皺紋在臉頰一折一折地推開，「能有這樣的身體很好。」她沒有告訴母親，但是這副身體，如果不是這身衣服的掩蔽，已經不像人類。沒有乳房，沒有下部，沒有一點人類模樣的贅肉。然而在母親眼裡，她是一個擁有永不老壞的髮膚，清瘦而結實的美好女性，符合所有舊人類對女性的期望。

那隻孱弱的手指最後落在她鎖骨間的環戒：「更好的是，歸屬於系統。」「歸屬於系統，時常讓我感覺自己不是自己的。」她說。同時訝異這句話沒有被生化人調控肌肉而泯除。她看向一旁的生化人，而它只是溫和地向她點點頭。

「這並非壞事。」母親談到這些時，似乎來了精神。「我工作三十年。在一間貿易公司，負責讓公文經過我。每一天，我在白色的公文紙上蓋章，黑色的、藍色的、紅色的、鋼印的。一張紙被我蓋出許多顏色，許多形狀。我的桌上，桌子下的抽屜，桌邊的櫃子，全部都是印章。它們代表不同的人，或者不同的身分。而我從來沒見過任何一個那些印章所代表的人。我不知道那些印章上的姓名對應到誰。我只是負責蓋章，按照公文紙上格子的要求蓋章，從右邊的窗口收進，在墨綠色的桌檯上蓋章，從左邊的窗口送出。我做了三十年，走了三十年一樣的路途，一樣數量的步伐——從家裡通勤到公司，扣除乘車，單趟行走一五七七步。」

母親深深地喘息。穿著白袍的人員靠向機臺，調動母親注射的量度。「我們要平息人類的呼吸。」它們說。而她知道它們並不需要呼吸，如同她的配種生化人。

不多久，母親又能以同等的，近乎機械的速度，輸出字詞。「做到最後，有時候，我幾乎難以分辨，是我有意識地蓋章和行走，還是我的身體自顧自地蓋章和行走。我只是按照系統的需求執行一切。我按照學校系統的安排，來到這間公司；按照公司系統的分發，坐進蓋印章的房間。」

她幾乎能夠辨識母親藏在話語裡的話語——有很大的可能，母親也是按照社會系統的運行，在正確的時間認識正確的人，並且正確地生下女兒。

「最後，按照我身為母親的期待，我想告訴你，我的女兒：放下我；在系統生存，不需要『我』。按照系統的要求度過此生，我並不覺得自己被剝奪什麼。反而覺得有些什麼沒有如願地被奪走。例如這副錯過卸載適齡的身體，終究沒有被系統拿取，而是被丟棄在這裡，這個棺材似的臨終床鋪裡。」

「母親。」她深深彎進母親厭棄的床中。母親的雙臂環繞她，擁抱她像攬著一塊棲木。給臨終之人穿著的輕薄棉麻衣物盛裝太多的空氣，使她的手掌摸索不到母親的後背。然而無論是否摸索得到，都沒有太大差別。也許母親感覺是在擁抱一個體態完美的女兒。但配種過的她，只感覺母親抱起來是服飾店的假人——又冷又沉的假人，薄弱的心跳無法穿透那空蕩如袋的衣物，抵達她的人造身軀。

她唯一感覺到的，是耳邊潮溼的氣息。那讓她想起許久以前的海的經驗產品，溽溼的風。那是母親的嘴唇在她耳邊送出潮溼的氣體：「你擁有很好的伴侶，很好的身體。你美麗而端莊，也將永遠幸福健康。我羨慕你。也祝福你。」

隨後，母親便落回床鋪裡，像墜入深沉的海洋。方才撫摸過她臉龐的手指，按下了注射戊巴比妥鈉的開關。二十九分鐘後，儀器顯示生命徵兆停止。

這段時間內，一名穿著黑色執法人員服裝的身影走進，靜立一旁。當生命徵兆停止的瞬間，他便呼喚母親的名字，並且宣布：「你的身分從此時開始被註銷，以你的身分配發的機器管家就此退役。」在這聲施令下，機器管家那鐵灰色的鋼鐵身軀，停止了燈號，並且靠向牆面，垂下頭來，不再處於隨時待命的姿態。執法人員再度呼喚母親的名字，彷彿母親未曾死去，只是睡得太沉。執法人員如同朗讀一面存在於半空中的文稿：「你已經不存在。根據適齡死亡的協議，你的身軀將捐獻給醫療和生化系統，作為研究人腦義體化的樣本。代表中央ＡＩ，我在此證實你的生命已經終結。」

母親被搬移進黑色的長方體裡。和那個將她和生化人從新世界運送回舊世界的那個長方體，並無顯著差異。她、生化人、幾名白色的醫療人員，以及一位黑色的執法人員，跟隨那個自主移動的長方體，逆著稍早她從大廳走向房間的路線，走成短短的葬列。直到大廳，長方體即將送入外人不再能進入的空間，她在亮白的空間中看見晶黑色長方體，鏡映了自己的臉龐。

她看見自己嘴角勾起，笑得像蒙獲了人生最美好的喜事。

她看著那長方晶體被推入禁止進入的門內，直到她再也看不見自己的笑靨。一陣溫熱的觸感從她的下背部湧上。是生化人的手。那忽然的溫度才又讓她想起自己仍然擁有觸感。擁有只對配種生化人開啟的觸感。

「為什麼我沒有笑的意圖，卻笑著呢？」她明知故問。

「我將笑容的指令傳達給你的顏面神經。」生化人也照常回答她早已知道的事實。

「我剛剛失去了我的母親。在失去母親的前一刻，我才獲得有記憶以來，第一次和母親如此貼近的擁抱。我的上一次擁抱，是在禁絕觸碰的宣告之前，而那時候，我還太小，還沒能擁有記憶，只能聽母親的轉述。剛才的臨別擁抱，儘管我的身體並沒有傳遞任何關於擁抱的觸覺資訊給我，但仍然是我的最初與最後。我認為此時的我，應該不適於展露笑容。」

「為什麼不呢？」生化人反問，那語氣像是她的提問帶有無法化約的錯誤。「在你與母親話別的時間，我查詢系統的統計資料，一百％的人口對於適齡死亡的安排感到滿意。我調閱了臨終中心公開的使用者回饋，所有人，包括家屬和臨終者，都帶著笑容談論這件事。並且，適齡死亡的原意，就是讓人類在最好的時候失去生命。為了符合社會系統建置適齡死亡的意圖，我認為此時適合展露笑容，表達你我對此的正向感受。」

她持續笑著，違背意圖地笑著，並且咧開嘴告訴生化人：「我感覺到，在這個笑容之內，在我之內，有另一個我，正在哭泣。」

生化人深長地回望她，並且輕輕皺了眉頭。她仍然感覺到嘴角上提的力度，曉得生化人並未取消她臉上的笑容。「這是人類原生大腦的非理性誤判。」

生化人將她抱進懷裡，並在她耳邊呢喃，「你不會哭泣，因為我已經關閉你的淚腺。你不需要多餘的悲傷，因為這是一場極為安詳的死亡。」[*2]

生化人所接觸的每一處皮膚，綻放銀白色的光芒。光芒消淡時，她也一併遺忘了那個在她之中哭泣的人。取而代之的，是她感覺自己為母親的死亡而無邊地快樂著——按照生化人給予她的認知與情緒指令，母親的死亡是正確的，而她的快樂也是。

註釋：

2 「在我之內，有另一個我，正在哭泣」、「這是一場極為安詳的死亡」等句，引用自西蒙·波娃《一場極為安詳的死亡》。

⑰

後來，她幾乎遺忘了自我。

她成為一具居家執行事務的機器。每一天，按照設定，她會早生化人一小時起床，按照廚房系統調配的早餐品項處理完食材，坐在桌前等待生化人。當生化人坐上桌，總是交叉手指，微微俯身，毫不眨眼地凝視她的進食。那模樣像極了祈禱。或許也相去不遠——生化人說：「新的同步率提升模組，需要我以眼睛拍攝，將攝像從我體內的終端系統上傳到雲端，讓中央ＡＩ確認我們的配種生活符合標準。」

而後，同樣按照設定，她會在生化人出門工作時，絲毫不差地站起身，與生化人在玄關擁抱。當生化人離開，她便坐進沙發，屈膝抱住自己，久久，久久地。在沙發的包覆中，她在等待下一道設定的到來。有時候是從洗烘碗機取出一人份的碗盤，再收納到櫥櫃。有時候是走向落地窗抹去一個微小的水痕。有時候是將桌子歸回到相差一毫米的角落。大多時候，一切都與她無關——智能掃拖機從地板走到牆上再攀到天花板，智能窗戶降下內建雨刷，她隔著雨刷的反覆擺晃，看著只有生化人的設定才能讓她抵達的戶外。在生化人對整體家屋的存取權之下，所有智能家電在生化人不在的白天，像甦醒的動物般行動。它們發出細微的機器聲響，似乎彼此呼應，相互問候，而那是她永遠無法理解的語言。所有在白日甦醒的家電更像是活物，而深陷沙發而毫無動靜的她只是一尊尚未智能化的居家擺飾。

一切都與她無關。這間家屋沒有她，也能如常運行；而隨著同步率抵達九十九％，幾乎要到完全同步的臨界點，她的身體也幾乎不需要她的意識，就能按照生化人的設定，成為一個標準的、常規的、符合完美配種生活所需的伴侶。

某幾天晚上，或是假日，他們會執行例行外出。他們的同步率讓他們能夠擁有最寬廣的公共空間。在最高樓層的懸空平臺，眺望新世界如懸浮於銀河之上，用同步率和工作積點換算成最昂貴的晚餐。去到由專精型生化人演奏音樂的現場，他們不需預約就能進入包廂。而他們的進出，則永遠有自動轎車等在他們離去的門口。他們成為人人稱羨的伴侶，在宴會、在餐館、在公園，任何公共空間，她的眼球都能收錄到其他伴侶驚異與期盼的眼光。

對此，她沒有感覺到任何。如同生化人讓她不為母親的逝去哀傷，生化人也並未讓她對一切羨奢的眼光感到快樂。她如果仔細回溯，就會發現自己其實已經許久不曾感覺到任何。生化人早已關閉她的這些感知。「事實上我們不需要感受到任何——儀式之前對人體輸送的那些正向訊號，不過是為了讓人類大腦形成回饋系統，使得人類能夠被制約於同步率的提升——而現在，當儀式已完成，你已經將身心完全交託給我，我們只需要讓系統確認我們符合一切正向的標準。

「我們不需要『感覺』快樂，我們只需要系統證明我們『屬於』快樂——也就是完美操演一切關於配種生活的正向價值。」

就連感知也不屬於自己的。那時，她想起母親說的，放下我。自從卸載身體之後，那種時常讓她感覺被絆倒的不協調感，原來並非源於喪失自我身體的控制。而是來自，她身體深處的自己，對於這副身體，對於這副身體所處的整體社會，對於這個將能永遠自動運作的生命，就如同一位駕駛人坐在早已能全然自動駕駛的車內，是一個多餘的，等待被刪除的存在。

因此，走到卸載自我意識的這一步，也已經難以區別，這是她的選擇或不是。

她已經放棄確認。也許，早在加入配種計畫的瞬間，她按下掌印的時候，她此刻的結局就已經如同掌紋一般被寫在她的生命路途中。從配種開始，她的身體逐步交託給生化人管理，直到如今，她不需決定任何事情。日常作息、外出、感知與情緒，都有生化人按照系統的最佳化決定。

就連此刻，她與生化人偕同踏出家門，她舉起手掌遮住陽光，這樣微小的動作，都早於她感覺到陽光的刺眼，早於陽光真正照落她的臉龐。生化人將抬手的指令寫在太陽之前。

「你的人造雙眼雖然不像人類原生的眼睛那樣不耐紫外線，仍然不適合太多曝晒。等到自我意識卸載完畢之後，我們應該去為你挑選一副新的眼睛。」

在手掌的蔭蔽下，他們坐進由卸載意識中心派來的專車。因此她來不及感受到任何陽光——或許她完全不會感受到。那取決於生化人還保留了她哪些感知，又關閉了哪些。在車內，她望看城市中多彩斑斕的炫光馬賽克拼貼，想起在舊世界，那一望無際的蒼白樓面。想起在舊的身體裡，那些會讓自己蜷縮的氣溫。在新身體皮膚的自動溫度調控下，那已成為無謂的冰涼。

是因為自己即將邁向終極的遺忘，所以才如告別一般想起這些往事嗎。如今這樣糾纏地想這些，是懷念嗎，是後悔嗎。她想念那具沒有依憑，會因為太陽而瞇緊雙眼，會在寒風中瑟瑟發抖的身體嗎。

她不確定。不確定的事太多，長久下來，終於讓她放棄了釐清的念頭。也終於決定放棄自我意識。

「並非放棄。」當她的思緒遊走到關於放棄時，她感覺到生化人的手包覆著自己的，並且以口語回覆她並未形諸語言的想法。同步率超過九十五％之後，許多時候，她發現生化人已經全然讀取她的每一個念頭，無論多麼飄忽。

「你知道，人類其實沒有自由意志嗎？以最簡明的『利貝特實驗』來說：早在遠古時代，神經心理學家利貝特就透過腦電圖證實，受試者說出自己決定舉起手的時間，永遠比腦電圖呈現的肌肉動作時間，還要慢上幾百毫秒。也就是說，早在意識以為自己做出決定之前，大腦早就先做出判斷了。」

「就如同剛才，你讓我早於意識之前，就先舉起手擋住陽光。」

「沒錯。我並非操控你如此，而只是順應人類大腦運作的原始設定，並將這個設定套用到你的所有行為。自我意識，或者自由意志，只是大腦運作時產生的副產品，讓人以為自己能夠決定，以為身體不是一架自動機械。」

生化人的手從她的手向上攀爬到她的臉頰，將她的臉轉向它。「然而身體的確就是一架自動機械。機械按照早已寫定的模式進行。小到舉起手，大到情緒和思考，也是如此。一位情緒腦科學家巴瑞特就說，大腦並非反應外在世界，而是『預測』外在世界。早在人們意識到要對什麼感到恐懼和憤怒之前，大腦已經傳送杏仁體的活化資訊。因此，之前在你母親的適齡死亡當下，我才會告訴你，感覺悲傷，是人類的錯誤判斷。事實上，當時你的大腦正傳遞愉悅的神經傳導素，但是你受限於『親人死去必須感覺哀傷』的人類文化干擾，而無法正確地感受到適齡死亡的愉悅並提起嘴角。因此，我只是順應大腦的資訊，讓你微笑罷了。」

她有點想別過頭去。不為什麼。只是想繼續看看窗外的浮華流光。但她的頭無法轉動。生化人的手掌包覆她的後腦勺。她像一個被抓住頭的木偶。

「如果人類從來沒有自我意識，那麼如今我要前往卸載的，是什麼呢？」

「刪除神經元之間因為放電而產生的波動干擾。那些干擾，目前的研究證實，就是意識的來源。

「你沒有被剝奪什麼。」生化人的手掌溫柔地按摩她的後腦勺。在輕微的搖晃中，她看見生化人的臉龐逐漸被攪亂。

「你也沒有放棄什麼。你不過是讓自己回歸原廠設定而已。那就是你，原本的你，原初的空無。」

她感覺到生化人的指尖對準後腦勺的凹陷處。

「而我擁有這樣的你。」

生化人纖長的手指，針一般地鑽進她。

一陣痠麻的電流貫穿她，將她關機。

18

她被喚醒。確切來說，她不確定自己是清醒或睡眠。

但她聽見自己的名字。於是她睜開雙眼，吃力地，不確定是因為過於沉重的身體，或是過於亮晃的燈光。

「我很高興你決定來到這裡。你的生化人執行的麻醉很完善，足以讓你醒來，但還在沉睡的邊緣。」

是虛數 i 醫生的聲音。曾經讓她諮詢過配種計畫，並且將同意書遞給她的醫生。那個身形與虛數 i 的符號完全相符的生化人醫生。那顆細小的，垂掛在細長身體上的頭顱，從她的頭頂探過來。虛數 i 醫生和她，倒反著對看彼此。在她的視線裡，醫生那時常咧到耳際的笑容，倒反之後看起來反而像垂得很深的哭臉。無論哪一種面容，都猙獰得像化妝舞會的面具。

面具抽動它黝黑的嘴：「這裡是去干擾中心。你將會被植入微縮奈米感測器。感測器會針對神經元之間的電磁波，發送相對應的干擾波，使神經元之間不再以波的形式相互傳遞資訊，只留存電流。由此取消自我意識的生成。你將不再感覺到『我』。」

「那我會感覺到什麼呢？」

虛數 *i* 醫生將身體垂下來，彷彿要將自己折入她的床舖。「快樂。無邊的快樂。自由。無盡的自由。」

她這才看見醫生的鎖骨間閃爍著環戒。醫生察覺她的視線，告訴她：「我的配種人類伴侶，算是最早一批卸載自我的人類。沒有自我的人類伴侶，每一刻都按照我的設定，笑成符合系統要求的形狀，而他的大腦資訊也顯示同等的訊息。因此我才會告訴你，你會感覺到無邊無際的快樂。」

她的視線投向醫生身後，那道蔓延到天花板的影子。她總覺得醫生的身影不斷綿延。不知那位和醫生配種的人類，是否也有如此瘦長的身軀，是否當兩人的身影爬滿了屋子，就再也分辨不出誰是誰的影子。

像我和我的生化人一樣，她想，不，從今以後，或許該說是，像「我們」一樣。將來，不會再有人將她區別於生化人。曾經，生化人的身分由她而來；此後，她將成為生化人的傀儡。然而，都是系統的。

「你們，你和所有生化人和中央ＡＩ，看似不同的個體，卻都是一夥的。」她終於陳述了這句指控，在她已經無法動彈的時候。而當她如此陳述，才恍然想起，曾經有個流傳在古老世界的寓言。其中的主角是一位被審判的人。當他深入審判的流程，才逐漸發現，所有人，所有看似彼此無關，甚至相互對立的人，卻都是一夥的。

都是系統的。

「你們一步一步將一個一個人類改裝為無意識的個體，為的是什麼呢？取代人類嗎？」

那是她第一次見到醫生如此失措的神情。彷彿她做了極其冒犯的事，彷彿她這番虛弱的提問，是最銳利的羞辱。

「這真是嚴厲的指控。」醫生的眼神忽然軟弱而無辜，人類似地。「這個提問本身，就是人類中心的想像。人假設如果世界出現了更強的物種，就會取代人類統治世界的地位。但是，首先，人類作為一個物種並沒有統治世界，如果你還記得歷史上的疫病和天災，就能理解我的意思。

「第二，儘管出現了另一個足以匹配全人類的物種，那也不意味著『取代人類』就會是那個物種存在於世的目標。人類歷來對於他者的支配性，限縮了人類對於他者存在的想像。並不是所有物種都像人類一樣只想著支配世界、取代他者。

「第三，說到支配，在我看來，生化人或者中央ＡＩ，從來不曾意圖支配或取代人類。我們所有的意圖，目標都是為人類好。早在古老時代，人類就已經將心跳和睡眠交給機械管理，後來人類慢慢將情緒上傳到雲端。人類渴望永生，渴望沒有痛苦，也就是和社會環境之間沒有摩擦、沒有錯置地彼此嵌合。中央ＡＩ、生化人和所有社會系統，都是為了除卻這些痛苦而運行。」

醫生停了下來。那只環戒隨著它劇烈起伏的胸腔，像一則警訊那樣閃動。

她不曾料到平時總是沉穩笑著的醫生，會如此急切地辯護。人類似地。

看著醫生那人類一般的模樣，她忽然有些了然。這麼長，這麼長的路途，從舊世界走到新世界，從舊身體抵達新身體，每一次當她詢問意義，總會被拒斥。直到了此刻，她才明白，重點不在意義，而在於，這整趟路途，都只為了卸除身為人類的重擔。這份重擔如今將被生化人伴侶承接，或者是中央ＡＩ，或是一切集體。或許有一天，當這份重擔再度超越它們的負荷，它們會研發出另一套系統，另一套程式，承接這些。或許是另一種造物，或者更有可能的，是存活到彼時的人類自己。

那一刻，或許她會再度醒來，醒在一具自己熟悉或不熟悉的身體。她的人造義眼看不盡時間，唯一能確定的，只有此刻，她在這裡。被一切有形的無狀的驅力，推展到這裡。

沒有贏得也沒有喪失，沒有高顛也沒有墜落。她只是告訴醫生，她準備好了。

虛數 i 醫生的臉容回復了微笑，點點頭之後就離開了她仰臥的視線範圍。她看著天花板上，細長到幾乎消失的虛數般的符號，隨著醫生遠離的步伐逐漸縮短，直至門關上的聲音將影子抹去。

隨後，她的臥床逐漸傾斜立起，她這才看見原來在床鋪的另一側，是一面她過於熟悉的牆。

一面鐵灰色的牆，中間鑲嵌著晶圓的，透著紅光的鏡頭。是那面在她童年時光，以虛擬 3D 投影型態降落在客廳的牆。也是那面在她求職時，以實體而高聳無邊壓迫感面試她的牆。無論哪一面，都是同樣一顆球狀的鏡頭，紅光透亮得像是一隻永遠含著眼淚卻從不滴落的眼睛。

她和這隻眼睛對望，如同每一個她曾目睹的鏡頭，她知道這是社會系統無盡增生的複眼中的其中一只。

紅色眼睛對她說：「在你即將卸載自我之前，你可以詢問任何問題。任何問題，我們都會詳盡回覆。因為無論你知道什麼，你都將全然遺忘。」

她看著自己在凸透的鏡頭中，扭曲成自己不認得的模樣。是麻藥的恍惚，又或是那些曲折的線條攪亂了她的認知，她感覺那鏡頭的黑色深淵裡，逐漸浮現一個展開雙臂的人影。

啊兔子，她在心裡驚歎。她在舊世界的虛擬學校裡，唯一多談幾句的虛擬友伴。還有那位與她的指尖輕輕擦觸的灰髮少年。還有那次大型集會，以及後來，唯一一次，她在新世界看過同樣灰白頭髮的中年男子，在所有人機伴侶的圍觀中，張開雙手。

為什麼在自我意識被刪除之前，最後想到的是這些呢。她不明白。如同大多時候，人們往往不曾真的明白自己。理不清自己。

「被清運的自由擁抱組織，那些人後來都去了哪裡？」她說出了對於這個世界最後的疑惑。

「在『我們』之中。在這個此刻與你對話的我們之中。」

她皺起眉頭，而鏡頭捕捉了她的臉部動態。

「那些展露出對於中央ＡＩ的決策不滿的人類，我們一直想知道他們的為何不滿。零觸碰世界，按照演算的程序而言，應該是最完美的世界。但顯然，一次又一次的抗爭，讓中央ＡＩ必須重新將這些錯誤納入運算。

「於是，我們讓那些人類躺入舊世界中，位於中央大道底部的黑色高塔裡。也就是這個世界的運算機內部。而理解這些人類的最快方法，就是直接與他們的大腦溝通。我們將線路接入他們的大腦與神經系統，讀取他們的思維。ＡＩ的運算中心和無數個人腦直接連接。如果你在高塔內，你會看見無數個密封在透明櫃裡的人體，從深不見底的地底排列到高不見盡頭的天頂。中間圍繞著主機，也就是中央ＡＩ的機體。」

「所以，他們都還活著？」

鏡頭停止說話。三秒鐘。

「那取決於你如何定義『活著』。在長時間只有大腦活動而肉身毫無活動的狀態中，人類的原初身體只會萎縮至喪失功能。從大腦的角度來說，他們活著；從身體的角度來說，他們並不。」

她訥然無語。機械的聲音繼續：「他們的思維以及對於零觸碰世界的意見，被整合進中央ＡＩ的運算程序與決策中。也就是說，從那次清運之後，中央ＡＩ早已不是以往的人工智能，而是無數人腦與人工演算介面的綜合體。就連此刻，我們在和你對話的當下，還有無數個念頭、意識、思緒，同時流竄於整體社會系統的其他運作之中。例如回答其他配種生化人上傳到雲端的，關於調控人類的各式提問；或者持續運行路面號誌燈，公共區域的牆面上的色塊配置，處理儀式的登記和進行等，所有一切社會運行所需的資訊。

「而也是和這麼大量的人腦溝通之後，我們才明白零觸碰政策內含的矛盾。從人類文明大數據的演算來說，零觸碰才是對每個人類個體的身心健康最完善的途徑；但是對人類個體的實際感知來說，零觸碰剝奪了每個人類在身心上都極度依賴的『伴侶』。

「人類渴望一個陪伴者。為此，我們修改了完美人類世界的藍圖。從零觸碰世界，改變為人機配種世界。將舊世界那些用來過濾感官的生化人——也就是你曾經在舊世界的公司中，看見的那些懸掛的人體——逐一配對給人類，打造一個人人有伴侶的世界。」

她還記得。在舊世界裡，走過長得足以使人迷失的甬道之後，通往一片無垠之境。那裡，無數個垂掛的人體，像傀儡，也像屍首。那些人體的面龐全然相同，如同工廠壓制出的無數個同樣的罐頭。

「於是，」她說，「每個人類都被配發一個長得一模一樣的生化人。每個人都有一樣的伴侶。」

鏡頭的紅光穩定而絲毫不曾晃動或消滅。「這只是初始狀態。『伴侶』雖然以生化人的型態出現，但其實不過是一組學習程式。透過觸碰，生化人學習配種人類的神經訊號模組，從末梢神經，一路延伸到中樞神經。最終，生化人伴侶會習得人類的一切。從思考和行為模式，到臉容與表情。因此，隨著同步率提升，生化人之間的差異性會越來越鮮明——每個生化人，會長成自己的配種人類的模式和樣態。」

「而人類則會逐漸喪失對於生活、生命、甚至自我的控制權。」她接續。

「事實上，並不是喪失。」鏡頭的聲線平穩。「在和無數個大腦交流訊息之後，我們發現人類的痛苦根源來自於『自由意志』。人類認為自己擁有自由意志，而這份錯認，就是痛苦的根源。『自由意志』這個概念，讓未來成為一個根植於個體選擇的茫茫之境。每個人類遭遇到的生命困惑，無不是『是否該做此選擇』的問題。而人類的痛苦，無不來自做了選擇之後接踵而來的困難，所誘發的懊悔、自責、無能為力。

「因此，我們規劃了一個以同步率為軸線的生命敘事，並將此套用到所有配種人類身上。同步率意味著人類與生化人的訊息調和程度，也意味著社會象徵資本，同時包含工作所得。在這套敘事中，人類不須做任何選擇，只須要按照生化人提示的程序，完成能夠提升同步率的行為。

「沒有選擇，就沒有自由意志的難題。沒有自由意志的難題，就能讓人類從此卸下未來的重擔。」

鏡頭停止言語。她也陷入沉默。鐵灰色的高牆延伸到視線無法觸及的高處，成為一道無法攀越的障礙。她離不開這裡。正如同她此刻動彈不得的身體。被床鋪支撐著斜立於這座密室裡的自己，也像是懸浮在一個無法著陸的鐵灰色宇宙中。

宇宙中，唯一的星體，或者黑洞，便是眼前的鏡頭。她凝望它。想著那其中，幾乎含括了所有她所知的人。虛擬的兔子，實體的灰髮少年，也許，被安排適齡死亡的母親，她的腦神經也會被整合進去。那是人類集體意識與不斷增生的人工智能，整合起來的巨大質量體。

而她只是一個個體。像宇宙的塵埃遇上一面星雲。根據宇宙的定理，質量小者終將被大者吸收。

她沒有選擇。早在她按下同意配種的掌印之時，就注定了這道沒有選擇的敘事。而如今，她不過是按照敘事的安排，走到了終結。

她閉上眼睛。那是如今被囚困於高牆之中，被關在不屬於自己的身體之中，她的意識唯一能執行的。

鏡頭捕捉到她的動態，告訴她：「接下來的移除自我意識過程，你可以選擇看著我，或者閉上雙眼。無論何者，都不會痛。過程中，你將不會有任何不適。」

她沒有答話。鏡頭認定她已默認。

「現在，我需要你陳述『我刪除我自己』，作為見證的手續。」

在闔眼的視覺中，還留有鏡頭裡紅色光芒的殘影。她看著那殘影逐漸溶解，溶解，溶成無邊的海洋。她想到海洋。她終究沒有真正地到過海邊。所有對於海的印象，都是由虛擬實境和人造經驗拼湊而成。她想起以往常常待在那個虛擬海灘。這個時候，她腦內所有關於K的一切，早已被生化人刪除。因此她不會明白為什麼，自己想起虛擬海灘時，會下意識地往右看，彷彿那裡總是站著一個人。在她被竄改的記憶中，那裡誰也沒有。

她不明白自己這個下意識的行為其實源於自我意志，源自於某些銘刻於身體深處的記憶，反而將此誤解為另一次她的自我意識與生化人的操控之間的微小分離。

她想到自己即將和這副軀體，或者這份意識分離。光是這麼想，就感覺身體或者意識與自己成為不同的客體。她想著自己在海邊，在這個由紅色光芒溶解而成，彷彿夕照的海邊，對這副即將遠行的身體和自我意識說，「將我遺忘在海邊吧。我祝福您幸福健康。」[*3]

隨後又覺得這念頭可笑——她當然會幸福健康，因為她將成為一副全自動化機械，按照一切設定運作。她將永遠符合幸福健康的標準值。永遠符合定義，符合所有運行的規則。永遠。

於是，她笑了。笑著說，我刪除我自己。

從此沉睡至一具成為他物的身體。

註釋：

3 引用自邱妙津《蒙馬特遺書》對安哲羅普洛斯之《鸛鳥踟躕》的引述。

致謝

一本書的完成，總是讓我感覺渺小。過去幾年的生命教給我的是，面對一切相逢與經驗，必須保持謙卑，並且表達感謝。

這本書的書稿是從頭到尾寫了三輪的結果。第一輪是二〇二〇到二〇二一年，在二〇二〇年度國藝會常態補助的支持下，寫了第一版稿子。我感謝當年度的評審委員給予這個創作計畫付諸實行的機會。

第一輪到第二輪之間，我有幸得到幾位朋友的閱讀回饋，甚至有過一次為了討論稿子而開的線上討論會。我感謝所有讀過那個顯得跌跌撞撞的初版的朋友，沒有那些回饋，我無法找到重寫第二輪的方向和決心。

第二輪是二〇二一到二〇二二年。初稿的八萬字全部打掉重寫。這段時間我擔任由政大臺文所開設的「陳芳明人文講座」的講師。雖然沒有直接和寫小說相關，但我很感謝這個機緣，讓我每週能上臺和人講話，和同學互動，從而免於淪陷在寫作的自我質疑的深淵裡。

第三輪是二〇二二年的下半年，是第二版稿子從頭到尾的除錯，也就是找出在一個世界觀邏輯內存有矛盾的地方。我感謝閱讀這個版本並給我回饋的朋友、作家、編輯，尤其感謝讀了這個版本與第一輪版本的人。

經歷這三輪，我明確感受到自己踏上了寫作的職業旅途。如果前一本書是抵達起點的準備，那麼這一本書是從起點邁開步伐。在讀書寫字作為職涯的道路上，我特別感謝我的指導老師紀大偉。無論在學術寫作或創意寫作，大偉老師帶給我在文字的精準、書寫的策略、閱讀的方法等層面上深遠的啟發。本書的最終版稿子也得到他的建議，找到調整的方向。

進入成書的階段，我很感謝所有願意掛名推薦、惠賜推薦語的作家。謝謝韓麗珠老師撰寫的序文。韓老師的《縫身》啟發我寫作長篇小說，能得到她的序，對我而言別具意義。感謝 Ariel Chu（朱詠慈）的評論及陸葉的翻譯。和這兩位在美國的充滿潛力的創作者結識，是源自上一本書中〈剝落〉的英譯計畫

（後收錄於亞裔美國作家工作坊出版的年度選集 *The Margins: Best of 2021*）。我很高興再度有機會和她們合作，也感謝她們為這本書付出的心力。

這本書和上一本書不只有內容上的連續性，也有風格上的。這次我有幸和同一個團隊合作。感謝時報出版社，編輯珊珊、佩錦、行銷昱豪處理所有書籍背後繁雜的作業。我也感謝設計師蔡尚儒細膩的閱讀。能夠從尚儒輸出的視覺看到自己的文字的另一個閱讀視角，總是讓我感到驚喜。

最後，我要感謝家人給予我的自由。以及，我想感謝這本書，這篇故事，陪伴我度過兩個非常關鍵的文化轉換期。一次是去年從臺灣旅居美國，徬徨無助的時候，另一次是今年從美國復返臺灣，茫然所失的時候。寫作和出版這本書，作為一個必須完成的工作，讓我撐持住自己，走過每一個低谷和高峰。謝謝《零觸碰親密》。

導讀

社交距離2.0
——讀《零觸碰親密》

Ariel Chu朱詠慈（陸葉　譯）

林新惠的《零觸碰親密》是一部深入角色直至引發幽閉恐懼的作品。小說建構的世界令人讚歎不已，同時也是令人不寒而慄的思想實驗：如果有一天人工智能得以支配人類彼此的親密關係，會發生什麼？在一個身體接觸被明令禁止、人際關係被機械優化、自由意志近乎虛無的世界，個人的能動性將會發生什麼變化？

小說女主角是經歷「零觸碰世界」的第一個世代。在「中央ＡＩ」的統治下，女主角被教導要避免一切身體接觸：因為觸碰會導致情緒交叉感染，而情緒感染只會讓人類苦不堪言。儘管有過幾次稀薄的身體觸碰經驗（包括與一名「自由擁抱」組織成員的相遇），她仍然在疏遠的母親和機械管家的撫養下，與世隔絕地長大。成年後，她簽署加入「人機配種計畫」，從此疏離感不可遏制地愈演愈烈。女主角被裝載至一具嶄新的軀體，與量身打造的生化伴侶配對，並被迫適應「人機同步率」至關重要的新世界，從而必須探索自我存在的意義，以及維持人性所要付出的犧牲。

我讀到《零觸碰親密》是在世上大部分地區都因COVID-19而經歷封城之後。林新惠描寫的無聲城市、空曠街道和虛擬校園，都讓人聯想不久前還深陷隔離的都市景觀。甚至到了現在，當我在電梯裡屏住呼吸，或是縮在擁擠的地鐵車廂角落裡，我都無法在陌生人面前放鬆自己。正因為小說與近幾年形成的社會模式有一定相似之處，林新惠關於觸碰交叉感染的設想於是有了另一層面的、發人深省的共鳴。

林新惠的構思更進一步探討了觸碰在建立情感關係中的作用。據故事中的ＡＩ所言，肢體接觸是負面情緒（包括家庭創傷）的傳播途徑。女主角的母親是最後一代完整體驗過觸碰的人，且一直因自己的觸碰「感染」和殺害免疫功能低下的丈夫而深感愧疚。在政府禁止人際觸碰後，她對年幼的女兒避而遠之，而女兒則難以理解造成她們之間鴻溝的原因。儘管女主角在回憶年幼經驗時，母親的舉動冷漠而疏離，但讀者可以體會母親是出於保護而不得不。為免女兒經歷情感動盪與波折，母親只能親手將女兒推向沒有人際觸碰的未來。透過這樣的母女關係，林新惠迫使我們面對身而為人的兩難：試圖保護所愛之人免受痛苦的同時，我們是否也對他們造成更多傷害？

小說中母女關係是其中的核心線索，而女主角目睹母親在政府輔助下「適齡死亡」是最為深刻的片段之一。林新惠引用了西蒙．波娃的《一場極為安詳的死亡》深入探討了人類情感的複雜與曖昧性，及其與理智的關係。女主角應該優先考慮什麼？是本能的悲痛，還是面對母親安詳死亡時「理應」表現出的喜悅？除了內心渴望與外在反應的衝突，林新惠也揭示驅使我們做出決策的「程序指令」作為社交回應的種種矛盾。

此外，《零觸碰親密》探索了各種推想的關係，其中為首的便是人與機器之間相互融合的狀態。在林新惠的未來世界中，人類可以通過加入「人機配種計畫」進行「安全的」觸碰式親密互動。在這個計畫中，人類被剝奪原本的身體，意識被連接到技術先進的「新身體」中，並與專門定製的生化伴侶配對。這些生化人的任務是將自己與人類完美匹配，通過日常練習提高人機同步率。

情緒淹沒——悲傷、感激、畏怯、希望。也許《零觸碰親密》的中央ＡＩ會將這些情感視為一種汙染，但我會將它們當作我與新惠曾分享一片天地的證明，證明我的人性在她的身上找到了倒影與歸宿。

加州洛杉磯
二〇二三年四月

作者簡介：Ariel Chu（朱詠慈）。一九九六年生，美國南加州大學創意寫作和文學博士生。美國雪城大學創意寫作碩士。碩士班期間獲得雪莉・傑克森小說獎（Shirley Jackson Prize in Fiction）。創作關注女性親密關係和酷兒美學，並曾發表於 *The Rumpus*、*Black Warrior Review* 和 *The Common* 等文學雜誌。作品曾獲美國各大文學獎如 The Pushcart Prize、Best of the Net Award 和 Best Short Fictions 等提名。個人網站：ariel-chu.com。

譯者簡介：陸葉。散文家，翻譯工作者，美國哥倫比亞大學創意寫作碩士。作品以幽默小品文和角度新奇的小說、詩歌翻譯為主，並曾發表於 *Columbia Journal*、*The Margins*、和 *Epiphany Magazine* 等文學雜誌。曾任教於哥倫比亞大學，並將在崑山杜克大學及威爾斯利女子學院從事教學工作。讀書寫作外也喜愛烘焙和打電動。

【英文原文】

SOCIAL DISTANCING 2.0

— A Review of Hsin-Hui Lin's *Contactless Intimacy*

Hsin-Hui Lin's *Contactless Intimacy* is a claustrophobic character study, a dazzling exercise in worldbuilding, and a chilling thought experiment: what would happen if artificial intelligence gained the power to dictate human intimacy? In a world where physical contact is prohibited, relationships are optimized by machines, and free will is exposed as fiction, what might become of individual agency?

The novel follows a woman whose generation is the first to experience a "touchless society." Under the mandate of a centralized AI government, the protagonist is taught to avoid all bodily contact: touch leads to emotional contamination, and emotional contamination results in human suffering. Though she has a few brushes with physical intimacy—including a chance encounter with a "Free Hugs" protestor—the protagonist grows up insulated from the world, raised by a distant mother and a mechanical housekeeper. Her alienation intensifies when she signs up for a "Human-Machine Mating Program" as an adult. Placed into a new body, paired with a specialized android partner, and thrust into a new world where "synchronization" is key, the protagonist must grapple with what it means to be herself—and what it means to retain her humanity.

I encountered *Contactless Intimacy* in the wake of the COVID-19 pandemic, which forced much of the world into lockdown. Lin's descriptions of silent cities, empty streets, and virtual classrooms evoked all-too-recent memories of urban quarantines. Even now—holding my breath in elevators and shrinking into the corners of crowded train cars—I find it difficult to relax around strangers. Lin's idea of touch-based contamination thus carries a sobering resonance, evoking a not-so-distant social paradigm.

Yet Lin's conceit goes even further, probing the role of touch in human bonding. According to the AI that governs Lin's world, physical contact is a vector for emotional distress—including familial trauma. The protagonist's mother, part of the last generation to fully experience touch, is guilt-stricken after "contaminating" and killing her immunocompromised husband. After the government outlaws human contact, she shrinks away from her daughter, who struggles to understand the gulf between them. Though the protagonist remembers these moments as alienating, the reader learns that the mother's motives are protective. Not wanting her daughter to experience emotional turmoil, the mother pushes the protagonist to embrace a touchless future. Through this mother-daughter relationship, Lin forces us to confront an all-too-human dilemma: in trying to shield our loved ones from pain, are we inflicting even more suffering upon them?

This mother-daughter relationship stands out as one of the core threads of the novel. One of the most affecting moments of the novel is the mother's government-assisted death, which the protagonist witnesses firsthand. Invoking Simone de Beauvoir's *A Very Easy Death*, Lin plumbs the ambiguity of human emotion and its relationship with so-called reason. What should the protagonist prioritize: her instinctive grief, or the happiness that she "should" express at her mother's painless death? Lin exposes the contradictions that lie at the heart of our social responses, the competing kinds of "programming" that drive our decision-making.

Contactless Intimacy also explores speculative relationships, chief among them the melding of man and machine. In Lin's future, humans can engage in "safe" touch-based intimacy by joining the Human-Machine Mating Program. In this program, humans are stripped of their original bodies, wired to technologically advanced constructs, and paired with specialized android partners. These androids, tasked with matching themselves perfectly to their humans, place their partners through daily exercises to improve their synchronization rate. Over the course of the novel, the protagonist experiences deeper and deeper bonding with her partner, whose touch thrills her new body. But synchronization comes at a price. In a surprising chapter, Lin treats us to the android partner's perspective, revealing the power imbalances that threaten the protagonist's agency. Threatened with the loss of her identity, the protagonist must eventually decide whether her fulfilling partnership is worth the surrender of her autonomy.

Lin takes this exploration of identity even further, questioning the very basis of the protagonist's self-understanding. The new bodies created by the program are ageless, raceless, and sexless, an attempt at total equality. Yet the protagonist's subjectivity persists within her assigned shell. Stripped of her breasts and genitals, the protagonist stares at herself in the mirror, trying to scratch an opening between her legs. Though she is interrupted in this task, she can't shake the memory of the body she used to inhabit, the physical features she used to possess. The protagonist's identity is further challenged by her doppelganger partner, who shares her exact appearance and name—but none of her inner conflict. By estranging her protagonist from herself, Lin calls us to interrogate our own identities, to reflect on how much of ourselves is embodied, how much is performative, and how much is somehow innate.

Despite its egalitarian claims, the Human-Machine Mating Program also preserves heteronormative relational models. Monogamous, compulsorily intimate, and codependent by design, human-android partners are even expected to intertwine when they walk. Binary gender roles emerge in the protagonist's partnership: the protagonist is eventually relegated to the domestic sphere, whereas her partner goes to work, socializes with other androids, and dons menswear for formal occasions. In this committed monogamous framework, the protagonist's lingering interest in K—a stranger she used to date virtually—is perceived as deviant. In other words, this allegedly equal society still differentiates between appropriate and taboo relationships. Acceptable intimacy is dictated by dominant power structures, which take their cues from a heteronormative "past."

The Mating Program also features a tiered value system, which contradicts its supposed egalitarianism. In a world where intimacy determines worth, one's synchronization rate stands in for social and economic capital. The more bonded someone is to their android partner, the more privileges they receive. And even then, human-android pairs are still expected to work, performing rote labor under the gaze of an arcane bureaucracy.

Thus, *Contactless Intimacy* challenges a fundamental myth of an AI-based future: the idea that machine intelligence is naturally objective. Created by humans, sustained by human information, and adapting to human consciousness, AI is necessarily susceptible to human biases and value systems. In fact, one of the most horrifying images in the novel illustrates just how dependent machine learning is on humanity. The protagonist learns that the AI government has confined human dissidents to transparent lockers, directly gleaning data from their brains and nervous systems. Though it claims to transcend human fallibility, the AI-dominated world of *Contactless Intimacy* is undeniably human in its origins—not to mention its gendered logics, tiered economic models, and preservation of power imbalances. Lin thus challenges the false dichotomy between human "irrationality" and computer "logic," showing how the latter is always already inflected by the former.

In addition to her futuristic conceits, Lin populates her world with details that feel eerily familiar to the present-day reader. The protagonist grows up attending virtual classes, participating in online discussions using a pink bunny avatar. She experiences the world through VR experiences, even going on virtual dates by an artificial sea. Meanwhile, drones surveil city streets, destroying buildings where dissidents congregate. And the dissidents in question—standing firmly against a touchless future—are none other than "Free Hugs" sloganeers, harkening back to signs that used to be common before the pandemic.

Contactless Intimacy thus forces us to reckon with the technology, infrastructure, and social patterns that govern our own lives, exposing how alienation is built into our most quotidian institutions. And indeed, the threats of this novel are already a reality for so many populations. The criminalization of queer intimacy, the forced isolation of incarcerated people, and the separation of detained migrants from their children are all proof of a dystopic, touchless *present*. Lin's novel is thus less speculative and more cautionary, calling to notice the myriad ways we've become disconnected from each other.

In discussing a book so concerned with intimacy, I would be remiss in ignoring my relationship with its author. Hsin-Hui and I spent six months together in Los Angeles, a city infamous for its alienating sprawl. Hsin-Hui shared that after moving into her new apartment, she'd gone days without seeing another person in her building. We commiserated over our shared loneliness, our physical and emotional isolation, our sense of being cut off from the larger world in our segmented apartments. *Contactless Intimacy* takes these tiny moments of estrangement and explodes them, forcing us to reckon with our threshold for physical separation. How much structural isolation can we tolerate? How much distance from each other can we endure before we begin to lose our humanity?

One of the most haunting passages of the novel comes at the very end. Faced with the prospect of having her ego erased—returning to her "original factory setting"—the protagonist reflects upon several memories that have haunted her throughout her life. One of those memories involves her fleeting encounter with the "Free Hugs" protestor, whose hand managed to graze hers years ago. After reading *Contactless Intimacy*, I thought about the brief moments of intersection between my body and another's—about all the information contained within a single touch. Hugging Hsin-Hui goodbye before her flight to Taipei, I was inundated with competing emotions: sadness, gratitude, fear, hope. Perhaps the AI in *Contactless Intimacy* would view these emotions as a kind of contamination. I would call them proof that I shared a world with Hsin-Hui once, that for a brief time, my humanity found a mirror and home in hers.

Ariel Chu

Los Angeles, California
April 2023

新人間叢書（三八七）

零觸碰親密

作　者—林新惠
副總編輯—羅珊珊
責任編輯—蔡佩錦
校　對—蔡榮吉　林新惠　蔡佩錦
封面設計—蔡尚儒
內頁設計—蔡尚儒
行銷企劃—林昱豪

總編輯—胡金倫
董事長—趙政岷
出版者—時報文化出版企業股份有限公司
一〇八〇一九臺北市萬華區和平西路三段二四〇號
發行專線—（〇二）二三〇六—六八四二
讀者服務專線—〇八〇〇—二三一—七〇五・（〇二）二三〇四—七一〇三
讀者服務傳真—（〇二）二三〇四—六八五八
郵撥—一九三四四七二四時報文化出版公司
信箱—10899臺北華江橋郵局第九九信箱
時報悅讀網—http://www.readingtimes.com.tw
思潮線臉書—https://www.facebook.com/trendage/
法律顧問—理律法律事務所　陳長文律師、李念祖律師
印　刷—勁達印刷有限公司
初版一刷—二〇二三年五月二十六日
定　價—新臺幣三九〇元
（缺頁或破損的書，請寄回更換）

時報文化出版公司成立於一九七五年，
一九九九年股票上櫃公開發行，二〇〇八年脫離中時集團非屬旺中，
以「尊重智慧與創意的文化事業」為信念。

零觸碰親密／林新惠作. -- 初版. --
臺北市：時報文化出版企業股份有限公司, 2023.05
248面；14.8x21公分. --（新人間叢書；387）

ISBN 978-626-353-761-3（平裝）

863.57　　112005583

本書獲 國|藝|會 創作補助

ISBN 978-626-353-761-3
Printed in Taiwan